catch

catch your eyes ; catch your heart ; catch your mind⋯⋯

Are you ready?

catch 178 西雅圖妙記6

My Life in Seattle 6

作者：張妙如

責任編輯：繆沛倫 美術編輯：何萍萍

法律顧問：全理法律事務所董安丹律師

出版者：大塊文化出版股份有限公司

台北市105南京東路四段25號11樓

www.locuspublishing.com

讀者服務專線：0800-006689

TEL：(02) 87123898 FAX：(02) 87123897

郵撥帳號：18955675 戶名：大塊文化出版股份有限公司

版權所有 翻印必究

總經銷：大和書報圖書股份有限公司

地址：新北市新莊區五工五路2號

TEL：(02) 89902588 (代表號) FAX：(02) 22901658

製版：瑞豐實業股份有限公司

初版一刷：2011年8月

定價：新台幣280元

Printed in Taiwan

MY LIFE IN SEATTLE 6
MIAO-JU CHANG

勿忘我。

西雅圖妙記6。張妙如。

撲浪

在做稿的此時，我已經超過一年沒去發噗了。但如果我真的有那種狂熱書迷的話，他們去我的頁面檢查就會發現，雖然我一年沒噗了，也沒再去更新資料，可是天天都有去報到。

為什麼我不再發噗了呢？這大概可以去問問臉書使用者為什麼出走，我覺得道理是一樣的，人們應該去過真正的日子，而不是建立這種網路社交。網路可以用也很好用，但是成天什麼都掛在網路上，那是很可怕的事。

自從交換日記第12集發行以來，出版社為我們弄了ㄅ撲浪客（Plurk），也很早就通知我們⋯⋯

現代人的玩意怎麼這麼多!!

我小時候回家看科學小飛俠，就已經可以走在時代尖端!!

坦白說，我還真是有夠排斥網路的生活，光是那些隨著windows而來的Messenger我都不太想用了！想盡辦法要除之而後快都來不及！

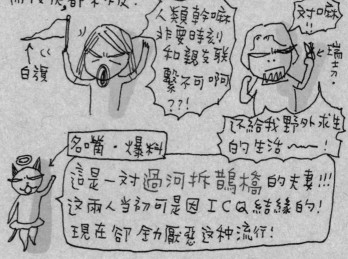

↑白鴿

人類幹嘛非要時刻和親友聯繫不可啊??!

对啊嘛!! ↑瑞士刀

還給我野外求生的生活～～！

名嘴・爆料
這是一对過河拆鵲橋的夫妻!!!這兩人當初可是因ICQ結緣的！現在卻全力厭惡这种流行！

總之，我漠視 plurk 很久了，我當然絕對也沒用臉書或 Twitter，我一直自認，有一个個人網站，就已經很對得起世界潮流了！網路的世界（尤其是那些流行的東西），我經常視之為金魚佬…

小妹々，讓阿伯成為妳生命中重要的男人吧……

情絲喲。

如此這般…

但我已是爆熟女 不為所动！

但，交換日記12的噗總之是上了，讀支也來問我，何時去噗浪回覆一下？該來的一刻还是会來，我覺得自己是人在浪潮上身不由己…我終於，接受了金魚佬的越齡追求（对，連金魚佬都比我肖連）。→年輕。

噗浪客

浪

好像……还蠻好玩的嘛……

◉ 我的秘密被閱讀了多年（交換日記），突然，能閱讀別人的生活（噗浪），啊！我感覺世界好动人！……浪花淘盡多少英雄!!!

還有這篇文中有提到的，我和我老公是透過網路認識進而結婚，但現在網路騙子已經多到數不清了，多少奈及利亞騙子在網路上跨國騙錢（現在他們都聲稱他們是別國公民了，所以別以為不是奈及利亞人就ＯＫ），走到這個年代，大概已經沒有正常人會想在網路上交朋友了。還繼續的人，你真的要懷疑他不正常。
社交網站意氣風發之時，還曾誇下海口說ＥＭＡＩＬ會滅絕，坦白說我不信，我覺得會是相反。

我这个人，我感觉很容易食髓知味，我不但一下子就接受了撲浪，我还很立刻進入狀況地按起卡馬！

快來和我練等位～！

我要加分！！

噗友説的「練瘋話」之意！

果然我就是个很愛得盲目的人！説真的，就算我偶爾会去碰 Messenger 那种東西，我也是從來不用「表情圖」（我認為那實在太「裝可愛」了，講話不能好々講嗎？一定要在那裡哭來笑去不可？——— 我內心的嚴謹人格説話了。），金魚佬都知道，我真是盲目地在那裡按卡馬值！

你背叛了我……

我也要去外遇……

← 被冷落的 尤。

哈哈哈

那个內褲開叉的，你放心啦！这个女人通常也只有三分鐘熱度……

明天她就会開始攻擊舊情人……

雖然也沒到三分鐘那麼短，但我確實是沒持續了。

其實我不是要說網路不好、社交罪惡，不是這樣的！請大家別誤會。我也不是從此就不用撲浪了，如果是這樣決定，我也不會還天天撥空去看看。（如同我稍早有說，我確實天天都還有去巡一下。）

我只是計畫要想一個方法來使用這些工具，讓我既可以用它，又不會被它干擾到。在我正式停撲之前，我曾經開始組朋友群，結果撲浪太怪了啊，有些人不論怎樣就是圈不進來我的朋友群（明明對方就已經在我的朋友名單中了），搞了我兩天還搞不好，一怒之下就算了！我想我可以等它撲浪先搞好它自己，再來說吧…懶～

異鄉的三級片女星

雖然我現在已經很少熬夜了，但「三餐準時」這件事仍然做得很差！尤其早餐，經常不是來不及吃，就是和午餐緊密地結合在一起。所以，通常在吃一天的第一餐時，我的貪及餓一直能比美杜甫，消化系統會不良，連李組長都覺得案情再單純不過！

寫這一篇的這一年，我的腸胃狀態真的很不佳，有人說我可能是腸燥症，我自己都認定是了，結果後來答案揭曉：我是因為牙齒不好，吃東西又貪快，所以經常導致腸胃工作量過大，乾脆把食物丟回來給我。（多任性啊！）

因為後來做了假牙之後，由於不敢用力過度（畢竟花了大錢做好的），我自己進食速度逐漸變慢了，從此再也沒有這種腸胃罷工抗議的狀態。

上週六，我和美國的朋友瑪麗琳達相約討論小說案情，席間把一整道雞肉漢堡和薯條都嗑光光，連美國人都無法苟同——

我家的貓和我有多好呢？名主持人蔡康永先生的肩上經常有一隻假鳥，我的肩上則經常站著真貓！（當然是MANY，YOYO太大隻站不上去，他只能趁我趴著時來攻佔我的背部。）

大王雖然很羨幕我，但我必須說：

白痴才會羨慕這种事!!

豪累呼～

兩隻貓連我在偶兔時都不會放過我，如果我門關起來，他們就會在外狂叫，所以通常我只好把門打開，三個生物一起擠在廁所裡，兩隻貓一起看我偶兔。我不知為什麼世界會是這樣的？

一聊就聊到將近晚餐時間，所以回家途中，我又買了一些簡易晚餐回家，然後当然也吃了一些。一年中，総有幾个日子是很有報应的，这一天就是其中之一!

怎麼……有点不蘇胡

好像，……杜甫要找我古今合作……?

反胃感……

人類应該有二種，一種是，真的遇上噁心感時，非常有能力自我催吐的；另一種，膽小怕事，寧願苦撐著等待一切風平浪靜。我就是後者，而且是十分羨慕前者的後者。

誰說大炳能吃拳頭的能力一点都不實用？
我覺得，那是要多少勇氣才能做得出來!!!

二小時也過去了，終於，我知道那一刻來臨了！順便一提，我以前在台灣時，如果有呕吐行為，通常会实施於浴室地板中，事後再來刷洗浴室。因為台灣的浴室大多是濕的（可以弄濕的），可是美國的浴室地板都是乾的，通常連排水孔也不会有，所以在美國我已經学会用馬桶，而我不喜欢实施於馬桶是因為一水会噴上來!!

一边吐还要一边躲濺水，很忙!!!

這一天呢,也是一年之中難得很不幸的一天!
本來我已經吐完了,可是因為馬桶裡的水濺上來,
還打在我的臉上!!才剛完之的我立刻又想到馬
桶裡的水多髒啊!!第二波噁心感又緊接而至!
而第二波一跳下水,又是一片水花四濺,這回連
衣服都打到了!

好忙!!!

而且這种輪
迴(不斷地惡
性循環),要
演到什麼時候
啊??!!

嗚——被髒水
親到了——噎——

總算續集續到第四集,女主角也脫了(衣服弄
髒了嘛),臉也花了——髒水、淚水,一片模糊,
肚子也沒一点墨水了——全清會了。火爆戲才終
於結束!
散場時,只剩下一個清潔婦在那裡,獨自
地打掃廁所兼洗衣洗臉……

嗚……

我在異鄉,淪為
三級片的脫星……

我們也常吐毛啊,
這有什麼了不起的?

催眠羅曼史

自從有了電子書閱讀器之後，就再也不需要傷腦筋出國要帶什麼書，不過電子書也有一些小缺點，比如有一晚大王在快要睡著之際，把他的電子書摔到地上，所幸國外的房子都有舖地毯，這樣不小心掉到地上，並不會構成什麼傷害。

我和王都是E－INK電子書的擁護者（螢幕不發光），長久用下來之後，兩人都覺得K牌比較好，因為好像天天晚上讀，一個月左右才要充電一次，我好幾次出國都發現它完全沒被充過一次電，以後充電器可以不用帶了。而且它可以放入自己的PDF閱讀，連中文都可以讀。

正当大家看到这一篇稿子時，我人一定已经在欧洲了。

每回我旅行一定会帶著一兩本書在途中閱讀，而这一次，不可思議地，我想帶一本羅曼史小説！因為，早在三天前，我已经將它列為「最佳催眠書」——沒有一次我能讀超过三頁还不睡去的！即使是在沒有鬼魂出沒的正午大白天！

怎么又睡著了!? 明々才剛睡醒!!

你確定这一本書不錯看!?

咖啡是擺飾用而已.

應該是还不差啊……

我和大王都不是文藝派的，我們通常什亇鬼都讀，而他推薦給我的書，如果沒有知識性，至少也有很強的娛樂性，唯獨这一本羅曼史我百思不得其解！

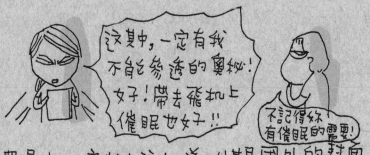

這其中，一定有我不能參透的奧秘！好！帶去飛机上催眠也好！！

不記得妳有催眠的需要！

羅曼史，大家都應該知道，尤其是國外的封面，走的都是激情路線的，連我手上這一本也不倒外，光是這个封面就足夠讓我对它有偏見了，拿在手上更是想把別人的名字寫上去！以表示我們自身的「上流感」。

所以，這本書不做个封套遮起來，我帶不出去！

遮什麼遮，把封面撕掉不是更快？反正也不是買來的書！

別人給的。

啊！作者會哭——

奇怪地，封面一消失，似乎魔咒也解除了，我開始能一次看超過五頁了，更神奇地，出國前我竟然就看完了！

這是什麼鬼？

為什麼要推薦我看這一本書???哪裡有好看??

更迷惑了

其實我對羅曼史沒意見。不屑了解羅曼史的人，大概和不屑了解人性、不屑了解大眾口味是一樣的。

人去看這種書或偶像劇，並不是覺得愛情一定要是那個樣子的，也不是真的排斥現實生活或怎樣，有時候就只是「不用大腦感覺很好」，「做白日夢感覺很好」，「幸福感的感覺很好」，就像吃炸雞灌可樂感覺很好一樣，但不代表那個人天天都想這樣吃。

只是說，我還是對羅曼史的封面有意見…

一向，我对大王的讀書品味都很認同，唯獨这一本，我怎麼想也想不通!!

李組長再次覺得案情不單純…

論激情，它也不是最好的!男主角話太多了嘛!簡直是ㄅ嘮ㄅ男!!

哪有人親々还要発表演説的?这本書的功用難道是搞笑?

我前面有説过，我不是文藝派的，我也曾有一度大量讀过羅曼史小説!我真的膽敢説，这一本絕不能稱為上品!

突然間，我想起，我和大王也曾去書店找过羅曼史小説(因為我喜欢的一个英國作家也寫过羅曼史，我們自然是想找她的來看々)，可是一走到罗曼史那一區，我和大王都上流感發作，忍不到一分鐘就嚇得去喝咖啡安魂!

所以，

我絕对猜測，这一本羅曼史是你生平讀的第一本!!

因為这樣，你桧覺得还不錯看吧?

誰像妳經驗那麼豐富?老是讀那些色情書刋……

如果你接受我的追求，我保證甩掉他們…

……

台灣經驗

每回去歐洲之前，總會幫兩个小孩買些礼物，現在，小孩漸。長大了，已经很有「自己想要的東西」了，这樣也不錯，②会省了我們不少時間，不过，这次二个孩子說，他們要wii。

不要誤會我，以為我任自己的利益才決定批不批評盜版，不是這回事！如果我想要改 Wii的機器，也不過就是想破解「國界的限制」，機器不是盜版的，遊戲片不管是在哪一國買，也都不是盜版的。所以無損商人的利益。

反過來說，我一個家庭就只為了遊戲片在不同國家發行，而得買兩台機器，這是商人多坑了我們。

而且最終我們還是買了兩台機器了，並沒有改機。

買了兩台 Wii 也無所謂，只是我每次去荷蘭時，還是經常會看到兩個繼子為了搶玩 Wii 而吵起來——因為電視機只有一台。

大王說，因為那一ㄍ wii 的遊戲沒有在荷蘭發行，所以，瑪优才会利用網路從美國買过去，結果沒想到，在荷蘭買的 wii 主机讀不出来！

僅管是这样，这ㄍ決定还是讓我太吃驚了！只為了玩到这ㄍ遊戲，就要再買一台美版主机？我也很愛电玩，可是我至今也还沒有 wii 呢！

並不是因為妒忌，而是為了解決这ㄍ誇張，我決定向大王分享「台灣經驗」……

要不要乾脆再買一台电視啊？明ㄉ机器有兩台，卻还是得搶？……

我們台灣，很多人都会去改机器喔，可以解码，这样机器就能玩了……
我不知道荷蘭会不会有这种技术？

真的嗎?!这是ㄍ好方法！
沒想到大王沒罵人！（並該是因為景氣太差吧?）

第一次聽到这种事!!

再買一台真是太誇張了！而且只為一ㄍ遊戲!!

当然，台灣經驗除此之外，大王對我能在youtube看台劇、日劇也很驚奇！在美國，這种事是不会發生的……

HAHAHAHAHA

Youtube是孤狗的嘛！給它用！用力用！呀一網一

"恐怖"大王

⊙孤狗是微軟的死对頭，這人是忠心員工⊙

那……我退下了……

惶恐

我去看連續劇了……

我個人並不会為這類事感到特別驕傲，可是，偶爾透露一下謎樣的台灣經驗，確實也能讓大王無限嘆息……

什麼!?黑眼珠變大的隱形眼鏡?!台灣人原來已經接近外星人的審美觀了!?

←像醬.

不是我們發明的啦！

這事應該和台灣經驗無關，有一回我看到網友分享的某個教化妝的部落格，那個格主也超大方，一開始就分享了她「化妝前」和「化妝後」的照片，我真是要說，她的手真是比整形醫生還神奇！

化妝前她真的像是個中年大嬸，化妝後她居然變成一個年輕正妹，完完全全是判若兩人！我敢說她的部落格一定被很多人分享過，實在太神奇、太有才了啊！（為了證實「化妝前」和「化妝後」是同一人，我第一次將化妝過程分解從頭看到完，才敢相信那是同一個人。）

我要說什麼呢。
是她，讓我的人生又燃起了希望吧？原來不用花大錢整形也能變年輕變美麗！從沒想過那種部落格居然會如此勵志啊。

没人去过 的 Sandtorv

這一回我的欧洲行 真是神奇且勞累，抵達阿姆斯特丹的第二天 我們又回到机場，帶著2ケ继子和瑪优 飛往挪威奧斯陸。

在奧斯陸小姑@家住了一晚之後，隔天又趕一大清早的高速火車到 Bergen（卑爾根），飛机飛完搭火車，火車搭完緊接著上船！我從來没有这樣陸海空一下子完整收集的！

我們最終的目的地，是一ケ地图也没標出的小島，叫做 SANDTORV！在 Bergen 南辺大約35km 的一ケ私人小島，島上有电，但是完全没有任何商店，那就更別説会有飯店~~蔌~~旅館們！
（也没有汽車）

雖然我還沒正式查過，但我已經很相信挪威是世界上最多島的國家，那個狹長的海岸線整個像被炸過一百萬次一樣，碎到沒人再能畫出，我這只是簡易粗略的圖，就已經碎到我不知道在畫什麼了，那些黑點都是島，還有更多點我根本懶得點上去……

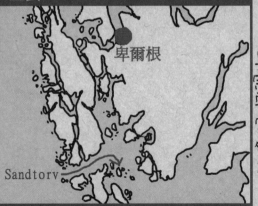

後來查了一下·居然是芬蘭贏了·世界上最多島的是芬蘭。

这是我ケ人旅行記錄的一ケ里程碑啊！
如果没有你，
我死也不可能有机会來到这种地方啊!!!

全世界的旅遊書或節目，都不可能介紹到的地方！

坦白説，我自己也很驚訝……

馬桶竟然是一ケ坑洞!!

果然還穿外套!!!

出發前，我的情資有錯誤，我們都以為整了島是麗芙的（我公公的現任太太），事實上的狀況是，麗芙出生在這小島，她死去的父親是大地主，擁有這小島的大部份土地，但並非全部，所以島也還有別的居民。除此之外，麗芙另外也繼承了附近三座小島，但那些島沒有電，島上只有住羊而已！

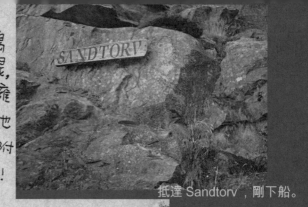
抵達 Sandtorv，剛下船。

←有樹喔!!

（海）

就在那裡呀！羊住在那！

在挪威連當羊，命都很好！

住私人小島!!!

島上的生活，除了最令人不知所措的一个坑洞的廁所之外，（連沖水都沒有，但坑似乎深不見底，你也不知你的東西掉到何處，連咚一声都聽不見！），我公公和麗芙當然是自己種了很多蔬果！所以，多數食物是免錢的！因為自己有養畜牲，還自己撘船去捕魚、捕螃蟹！整了食物新鮮到我体內的毒素全部被逼出來！（比有机更有机！）

麗芙的小屋很愜意↓

從小屋陽台看出去

↓
廁所沒有想像中可怕雖然馬桶打開是一個坑

我好像長怪疹了……可不可以洗澡？……

公公瓶:

公公

當然可以!! 我們這裡的水質是非常好的!!!

聽說是直接收集雨水再淨化。

自己種菜↑

我小時候,也是住過鄉下奶奶家的!所以一个坑的廁所並沒有嚇倒到我——我反而覺得挪威的坑深不可測,實在太讓人激賞!而且,竟然完全沒有異味飄出!!!簡直像直通宇宙黑洞!!!

不过呢,除了食物太鮮逼出我一身毒素之外,島上的生活其實也讓我很緊張!因為他們資源回收做得太好了!完全讓我不敢隨便製造垃坡!

這個水岸邊小屋不是住人的,是放出海捕魚的工具和配備等物

骯髒的紙当爐火燒还順便充当暖氣。〈乾淨的搭船去本土回收〉

蔬果皮这些当然是堆肥成為肥料。

屬於萬惡都市的这類空瓶空罐也是要搭船去回收的!〈而且要付費〉

每天都在這餐桌吃得很健康

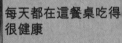

焚化爐兼暖爐〈我的畫顯然是錯了〉

羊住的小島〈無人〉

我的每月一経向来最愛在这种時机来!所以,用过的X棉,我竟然善心地配收回行李!

这已是什家?放骯髒襪子的嗎?

給我放回去!!!那隱給Bergen的紀念品!!!

还有,在島上这段時間,我已学用釣魚!!!特別感謝震芙明顯地对我很偏愛!我永遠不会忘記这段神奇的生活体驗!!!

渡輪上的布萊得彼特

從卑爾根出發的渡輪是比較大的

小島之間就換成這種小渡輪

可以看出乘客
通常只有居
民）也不多，
要舉起相機是
件困難的事，
而且小布查完
票就躲入休息
室了。

從卑爾根到我公公住的小島，雖然這段「海程」並不長，但是卻得換二班渡輪，因為，挪威西海岸的小島實在太多了，所以也只能比照航空經營的模式：先飛到大都市，再由大都市網狀散布到各小都市。

所以從次大島到小島這一段渡輪上，我看見了布萊德彼特，現在的他並不是老叩叩的行船人（詳情見班傑明的奇幻旅程），只是一个渡輪的查票員……

這个小布現在应該30幾歲，不只長得95%像布萊德彼特，連身高都不很高，我也知道要

此刻在整理出書稿時，我還蠻訝異 2009 年這一趟挪威行我居然寫得這麼雜亂無系統（下一篇突然就不是了）！仔細回想，原來是這趟旅程後來搞得我不太愉快，所以就亂了譜了。怎樣不愉快呢？離開 Sandtorv 島之後，我們一家子在卑爾根的飯店住了一晚，準備次日搭火車去奧斯陸小姑家，當年正在流行豬流感，我們的小朋友在卑爾根當晚感冒了，當時當然是不確定那只是普通感冒還是豬流感，不過我卻因此看到兩家子的自私。

本來小姑是要我們去奧斯陸之後住她家的，但她一聽到愛傳生病，自然是警戒心升起來——她家才剛添了一名新生寶寶，我其實不怪她的擔憂。不過大王馬上和她吵了一架，因為小姑建議我們抵達後去住飯店，大王認為他兒子正在生病，小姑應該要更有同理心，幫忙找顧愛傳才對，結果居然反而關起自家大門要我們去住飯店？期間瑪優當然跟著敲邊鼓，兩人一起在電話中把小姑罵到哭。（次頁邊條續）

拍照留證據，不然家鄉民眾不会相信我的！可是小布是巨星啊，他很不敬業地查完票（这小渡輪的乘客比一般公車少很多），就閃進他船上的小辦公室了！完全巨星架式！我連相机都來不及打開電源！

不要説我家鄉的民眾不会相信了！就是我身边的旅伴都不信！

没看見！没注意到！

誰要回挪威还見到美國人呀……

本以為，我和小布就是这樣一次偶遇吧？没想到，回程時又見到他！

小布

5張票……

这个人很面熟啊！

太帥了，依然画不出来。

小布!!好萊塢有那麼閒嗎？你还在賣票!!!

但是小布依然是很快賣完票又回去他的小辦公室和安潔莉娜　裘莉吵架（我猜的）

我的相机这回更慢，連護机套都來不及打開，不过，大王这次看到了！

無兒無女的我自然覺得大王和瑪優簡直莫名其妙！自己的孩子是寶別人的就不是？萬一真是豬流感，萬一真的傳染給小姑的三個小孩，這樣就比較好嗎？你們自己是父母，父母心有那麼難理解嗎？你們要求別人要有同理心，你們自己有嗎？

最後爭吵是結束於我自願幫忙負擔一半奧斯陸的飯店費。（坦白說這是不是很莫名其妙？）

這還不是全部，一抵達奧斯陸就換托比和我開始發燒了，大王和小姑重修舊好，去小姑家吃飯敘舊，瑪優也丟下生病的孩子去找她在奧斯陸的朋友喝咖啡逛街，這一對之前為自己孩子奮戰的慈愛偉大父母，怎麼突然又不管自己的孩子的死活了？居然把小孩丟在飯店叫我這個病人看護！瑪優甚至還玩到隔天才回來！

再糟的狀況也沒這次糟，難怪我當時出現選擇性失憶症狀，在那裡挖空白。

我 愛 大自然

我後來還蠻高興鄰居逼我們砍樹——其實不是砍啦，只是很大幅度地把樹剪短。一來是因為樹枝樹葉真的又再從下開始長出來，果然如鄰居所言，比較有遮到該遮的地方（雖然花了一段時間才長好），二來是因為真的看起來比較清爽，三來是因為樹矮了之後，比較不受強風大作影響，不會刮到電線或倒下來壓到什麼。

夏季在西雅圖算是一年中少雨的季節，所以也是大家整頓居家環境的季節。

我家和鄰居家中間一直有一叢樹，鄰居想砍掉或修剪掉，而我們想保留。去年大家都很各自堅持，所以樹叢從側面看是這樣的：

我家　鄰居　一个錄音机。　這是双重人格沒錯…　心理医生

今年，鄰居進步了，他們提出非常專業的学說，說服了我們砍樹！

會！而且長得很快！比不去修剪長得更快。

所以這又變成我另一個頭疼的問題！我逐漸發現剪過的樹幹再長出來的成果幾乎比未剪的更茂盛，比如說我們有一棵楓樹就長在屋外的樓梯旁，某一年夏天我大剪一揮，把礙到通行的枝幹剪掉（就是走過去時，樹梢會掃到頭的多餘枝幹），結果隔年它不但長回來，還長得比之前又更礙於行走！
這麼一來又讓我猶豫了，剪下去它明年會回來報仇，還奉送利息，不剪反而還不會有利息，到底是要剪還是不剪？
真頭大啊～～～～～

世人八成都知道，我的髒亂懶还具國際知名度，這种事我会害羞2天就厚顏活下去了，可是，大王和我不一樣。

趕快！趕快來去除雜草，除前年的落葉吧！！！

帳要算清楚！我去年冬天幫家裡剷過雪……

現在這該換你上陣了

所以不顧太陽馬上漸漸在西落，大王去庭院除草（除黑莓〈蔓延得到処都是，連走道都快淹〉），我知道我家庭院真的很亂，可是，完全沒料到，会亂到有人棄屍！

手電筒順便拿來！

Miao！趕快打電話報警！！！有人死在這裡！！……一條腿
死多久了？一年？

但，那当然不是真的！！！那是我們以前这兼從事漁業時的配備，可以穿上走入水中〈池塘〉的超長防水靴！因為浣熊經常在外女嬉戲，把它叼入草叢中了！經过这一切，我还是要说，我愛大自然，樹啊，草啊，多希望任它們自然生長……

有時我真的對大王的薄臉皮挺無言的。今年 (2011) 我們終於要修屋外的樓梯了，結果要找木工來看之前，大王居然要我們整理房子，而且擺明了說，就是要整理工人來會看得到的區域——屋外的各處走道含樓梯底下（我的內心吶喊：到時正式動工修樓梯不就都弄髒弄亂了嗎？幹什麼現在要整理？！），以及，我們兩得搬回主臥房去睡，把客房恢復成起居是模樣，這樣木工來討論樓梯如何蓋之時，大家有個清幽的環境討論（我的內心吶喊：那為什麼不叫去客廳討論呢？客廳不亂，也有桌有椅，就算要重新再掃過，也比搬房間省事不費力啊！）。

可是我夢想解決樓梯問題很久了，所以儘管內心有吶喊，為了讓大王早日約木工來看，我還是二話不說地照做了。還把廁所碌得亮晶晶。（木工也有可能突然說要借廁所啊，我都想好了。）

接下頁↗

呼喚 神

結果第一個木工來了，他也沒進屋來討論，甚至沒去我們的庭院看看是多麼地整潔，他只看了樓梯和車庫，就說那不是他能處理的工程！(我和大王都在心中哀嚎，我們整理了房子了啊！你不進來喝杯嘎逼嗎？！事後大王說：沒關係，還有下一個可約。)

第二個木工(特別找了重工型的)，很專業地四處檢查了地基那些地方，依然沒有來逛花園，也一樣連房子都沒踏進來！(我們整理了房子了啊！你難道一點尿意也沒？！我們可以進屋去討論設計吧？什麼？你急著去赴下一個約？‧‧‧)

最後大王只好自我安慰地說：沒關係，至少我們有乾淨的生活環境了‧‧‧

如果在台灣有人會認為連人民都自動分成兩派很奇怪，那麼，歡迎去比利時看。

比利時這个國家連語言都沒統一。它位於荷蘭和法國之間，所以北迴靠荷蘭的多數地区人民，都是使用荷語的；而南迴靠近法國的地区人民則使用法語。

怎麼那麼奇怪!那政府是講哪一國的話?英語?

誰知道?我又不是比利時人，你去問白羅啊……

註：白羅是阿嘉莎克莉絲堤筆下的神探，他雖在英國定居，但他本籍是比利時人。

上个月我的歐洲假期中，有一天是去比利時的 Antwerp 安特衛普，因為我在挪威感冒發燒、且帶孩子辛勞有力，所以大王特窩地挑了一天讓我「遠離孩子」，享受自己的悠閒自在。

大家看了我前幾頁的邊條內容，應該可以了解為什麼了吧？

不過我很頭大。以前任何時候不管遇到再怎麼討厭的人，我至少都能切割自己——就是不要再繼續和那個人當朋友了，也不用浪費心思或唇舌，說對方壞話或恨他，我們要乾淨做人至少有這種選擇！可是瑪優不一樣，這個人是我老公的孩子的媽媽，註定切割不了。

可是我真的很想乾淨無憂做人，我真的不想浪費我的生命去恨她抱怨她，我更不喜歡自己因她而有負面情緒。

原諒是做得到的，但原諒之後繼續的不公平不對等，那不是我能消化掉的。

我還是希望自己有一天能找到解決方法。

一天的行程無法跑太遠，所以我自己選擇了安特衛普，原因亦是神探白羅曾經去過那裡……

去之前

Miao，妳知道白羅不是个真實人物吧？

瑪優

好當我白痴！！嗎？

世界上也沒有米老鼠啊，明年大家也別去迪士尼樂園了吧！

（明年計劃去迪坦）

兩个女人已經情誼不再

自從挪威之行後

雖說比利時的安特衛普是我和大王自己的悠閒時間，可是，今年這一整趟歐洲行真的是狀況連々，這一天當然也不例外。

堅持繞遠路而開車的大王，一抵達目的地就發現，銀行的ATM領不到錢，机器對外國的卡好像讀卡有問題！

不會吧？

難道又要這樣而直接回荷蘭！？

喂！那邊好像有家郵局，很多人排在那裡！

郵局！？

這种時候妳还想寄信給誰！？

求救信嗎！？不如去飄瓶中信！！！

郵局也有提款机吧？

別這樣…… 至少我有努力在補償妳……

好不容易領到錢，也吃了午飯，換我有狀況…

長話短說，總之，經過自我檢查之後，我只是磨破皮膚而已（我沒做壞事喔），所以走起路來小傷口不斷磨擦，變得很痛，最後只好放棄逛大街，直接在一家露天餐廳喝咖啡看路人，还討論到 diarrhea（下痢）聽起來也很优美，仿佛在呼喚什麼女神（發音：黛爾綠雅）。

所以，我对比利時的回憶，最終只剩下派歐斯天神，和黛爾綠雅女神………（相較起來，白羅也不过就是个阿伯而已……)

家規

你家有小朋友嗎？你的廁所有門鎖嗎？
根據我在歐洲看到的兩例，瑪优，以及我
挪威的小姑，他們的家因為都有小朋友，
怕小朋友会意外地將自己反鎖在廁所內，
所以，他們兩家的廁所都沒有鎖……

外人上個廁所要
這麼辛苦！！

— 皮帶綁住門把，
用力拉住，以免
無心的小孩突然
拉開門，嚇赤到！

上個廁所，是很刺激緊張的活动！

（這裡完全沒有我存在的餘地……）

我小姑算是个好客之人，所以，他家除了他們夫妻倆的臥房、他們小孩子的臥房之外，尚且还有三間客房，但，廁所只有2个，其中一个还是在主人房内。在平時無客人的常態下，2个廁所是很夠他們一家5口用了，可是，连有客人的狀況下，六个大人，四个小孩(嬰兒不算)共用2个廁所，有時实在是会急死人……而这時候，刺激感加倍，更有四个小孩不知道在什麼時候，会突然地闖入！

所以，規定是这樣的，

代女未解說

廁所有亮灯時，就表示有人在裡面，不要去打擾。而任何人用完廁所，要記得將火登關掉…

不管是愛琳！

这是个好方法!!!

当然，这种家規也只是对大人們说而已，小朋友仍然有豁免的权利(畢竟，可能他們也聽不懂為何要这麼做，更重要的，講了恐怕也是不記得。)

当我們從荷蘭抵達挪威的第一晚，就是住在愛琳小姑家，其实大人們也都很識相，盡量都是等小朋友入睡後，才開始使用廁所！我基本上根本也就直接放棄洗澡了！(難怪香水是礼貌!)

這裡我自己嚇了一跳，記憶中明明從卑爾根到奧斯陸之後是住飯店（因為我和小孩都發燒了），怎麼這裡居然還住小姑家？

結果仔細看，這裡是說「從荷蘭抵達挪威的第一晚」，所以這裡住小姑家是去ＳＡＮＤＴＯＲＶ島之前的事。

行程順序：
荷蘭
→挪威奧斯陸（住小姑家）
→卑爾根
→ＳＡＮＤＴＯＲＶ島
→卑爾根（生病）
→奧斯陸（住飯店）

然而，看小說看到1點的我，也想去小ㄅ便上床……

後來，我小說都讀得快讀完了，大王也「出去庭院小完便」且睡著了，我婆々依然还没出來！
一ㄍ小時过去後，我是这樣在腦中編劇的

為了安全的理由，我決定，即使燈亮著我也要去敲門了！而且我的腎已經快溺水爆破了，我真的無法再等！

敲了一分鐘的門，我在自行開門的那一瞬間，有八分預期会看到一ㄍ昏迷在浴室中全裸的婆々，然而，更驚訝的是發現，裡面根本没有人！！！

这樣小孩 →
不就碰不到了嘛！！

男人真幸福！

都可以像狗一樣地撒尿……

愛自己

好奇怪的感覺喔~
我現在又在趕本書書稿，
然後看到自己的文章裡提
起趕上次的書稿•••

這兩个星期以來，我都在趕書稿，本來应該是
很安全無波的「閉關日子」，哪知，事實上也
並非那么一回事！

從整理書稿中，我看見了自己的舊文「從撒
哈拉出發」，裡面提到的是一个很像牛仔
的双槍袋腰包，於是，這讓我想起痞子
英雄裡面那个仔仔的槍套⋯⋯

帥的人一律画不出來，
不要為難我～

对喔，像
這种槍套
也很帥啊，
不知道有
沒有人把
它做成
袋子用？

当然是可→
以裝錢包什么
的那种。

這麼一个心思，導致我上網開始搜尋，我十
分相信，这种商品絶对存在！

還好，我也不是真的那麼固定型態、捉摸容易——我這次趕稿倒是沒有歷史重演地亂買。（其實是前一陣子已亂買完畢了，我真是華盛頓那麼誠實）

這次沒亂買當然也還要歸功一個外力：樓梯要修了，以後連出去拿信件都會極不方便，更別說接收包裹！

原來如此！……

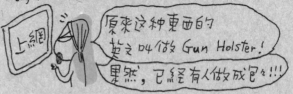

趕稿，果然是十分忙碌!!! 还要学英文哟！

上網

原來这种東西的英文叫做 Gun Holster！果然，已経有人做成包々!!!

本來嘛，除非每天醒來是能繼續賴在床上嗑瓜子，要不然，七分忙和12萬分忙有什麼差別？我的自憐心告訴我，再忙也要愛自己一下！買吧～～！

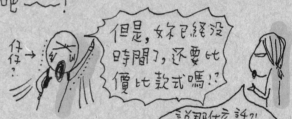

仔仔→

但是，妳已経没時間了，还要比價比款式嗎!?

說那什麼話?! 我可不像你有三X 會幫你免費整容还給生活費!!! 我可是活在現實中!!

好不容易，在極大的時間壓力下，我選定了一個，頭也不回地下了單後，才又繼續趕了兩頁稿，已経又收到对方email來信說没貨了！

没貨？ 没貨？没 没貨老梁怎麼愛自己!?

大滅絕！ 我要去墮洛!!!

赶稿，果然是十分忙碌!!! 还要去堕落沉沦。
（但是先再做2頁稿子再説，堕落可以排後面。）

沈溺

这ケ三百多，
我買不下去
愛自己太實了

難道就没有
便宜的愛法？

我要自己冷静下來先，再做幾頁稿子壓壓情
緒！愛，畢竟要建築在健康平衡的心態下！
所以，後來整理的書稿内容又來到DIY的主
題，所以我的心也神跟著又創造力起來……

買ケ真正的
搶套來自己
改吧!!!

（赶稿果然忙
忙碌碌，还附
送DIY計画）

真正的搶套
反而便宜多了！

決心一下，我網購完就又立刻收心投入赶稿
狀態，又做了2頁，突然記起今天还有事攔
要寫要交呢!……

回想起來，
我要搶套
做啥呢?……
应該買搶
指著我自己吧?……

我幹嘛没事
突然要跟隨
仕仔？
还不如追隨華
仔去拜蛇仙…

據親友觀察，我中年之後
出現一個非常明顯的特徵
：凡事想要容易、想要無
憂。
但是容易和無憂並不是免
費的，相反地，它要付出
比隨便和雜亂更高的代價
——衣服襪子亂丟不用錢
，好好收納使生活過程容
易，反而要買收納盒那些
。

這裡說的槍套皮包，無非
就是我不想提包包之故，
其功能作用相當於腰包，
只是揹的位置不同。

原来如此！……

食在罪惡

這種標法實在很奸詐吧？一份原來才半個，誰會知道這種事？如果是這樣那乾脆別標了！因為標卡路里的目的，不就是要提醒人民注意健康、不要不知情之下吃太肥？但每種食物「一份」是多少，人民知情嗎？

對啦對啦，包裝也是會告訴你一份是多少，只是字會小得看不見，放的位置也會極其隱密，不像「每一份190卡路里」那麼大而明顯罷了。

真的耶！被騙了！！！一份只有半个月餅！！！怎麼這樣？

難怪中秋總是月圓！！！

月餅 誰會吃半个啊？！！

難道說，現在真的流行自我感覺良好？

花式……番茄桌

MENU

哪裡有良好！？附一份卡路里表是什麼意思！？就是要逼我吃娘們沙拉就是了！？

好吧！就來一份牛吃的食物吧！！！

還給我看菜單做什麼？那是鬼故事書吧？！冷冷

那我還是要吃可頌BLT＋火腿肉喔…

我对數字沒天份……

◎BLT→培根、生菜、蕃茄

我自己的感覺──
會在那裡和這些規則過不去的人，其實不想違法的心更勝於一般人，所以才會很計較、很注意現在規則是定到哪裡了？有沒有道理？自己能否在規則之內生活。
比起一般人而言，我和大王對規則都超敏感，所以表面上我們看起來好像很關心政治，很愛談論或批評那些，但真正的原因是：我們很怕有些過度「有理想的人」，或道德魔人等，試圖想把人間變得無塵無菌無人性。所以我們很關心自己想航髒的權利。

要不然問我媽就知道了，大王真是少數幾個我認識的男生愛吃蔬果的，他遠遠吃得比我多（蔬果），還不怎麼挑食呢（我就很討厭青豆，水果也不多喜歡，因為會酸）。

所以當我在那裡大啖垃圾食物得到的熱量還比大王的莎拉少時，大王被打擊得對人生失去了信心。

當然大家都會告訴我，再怎麼說生菜莎拉的營養和健康價值也比ＢＬＴ強大多了，不論是誰這麼說，我都會用力鼓掌，沒錯，那才是重點！而不是卡路里那種數字。既然我們都這樣有共識，為什麼規定是寧可標出卡路里也不在乎營養價值？坦白說看了那種菜單，誰還想選卡路里更高的莎拉啊？那簡直是鼓勵大家和我一樣不健康嘛！

這一個就是我最原始想買，但被告知沒貨的那一個，現在又有貨了，在 ymylholster.com

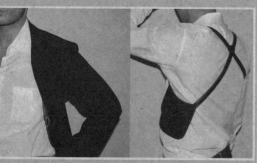

而且我後來還是買了它，因為本文中→　→所提的這個修改後的槍套皮包有點過大（稍後你們會看得到實物照片），揹起來實在是太招搖了。而上面這個比較小，坦白說，還真是過小，小到我只能塞一支手機和兩三張卡（信用卡駕照等）和一些現金，而不能整個皮夾都放進去。不過我還是比較有在用這個小的，因為真的比較低調些。

不要相信她！根本這种東西一点都不低調！沒人想和她走在一起！！！……

刻意香計畫

之前買的仔仔槍套，終於收到了，即是很帥，但並沒有怎麼動都不外漏的好自在……

因為是放真槍用的，事實上还漏很大！（以刻掉槍）

正面

不行啦一這樣怎么能騎小踏車?連腋下都不敢張開了!!!

所以呢，我決定給它裝ケ拉鍊，讓它成為嚴謹又防漏的好助手。

刻意香計劃

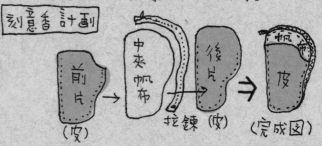

前片（攻）　→　中夾帆布　→　後片　→　皮

拉鍊（攻）　（完成圖）

我對 HANDS-FREE
真是有執迷，當然你也可
以建議我揹那種後背包，
可是我是認真在追求便利
細節的人，當腰包或這種
槍套包可以低頭或側頭就
能拿東西時，後背包卻得
從背上卸下來才能拿裡面
的東西，而且小偷或扒手
在你後面做什麼（說不定
還表演大衛魔術呢），你
都不知道！

当然,因為它是皮的東西,我從一開始就不
敢肖想 這一工程能用縫紉机去拼,一定
是得手縫,而且还要照著它原本車縫的洞
一一对著縫, 這樣才不必蠻力相向!
但,問題还是來了……! 原本它的後片,还是
有一段完全沒有車縫的洞!

哇哈哈哈～～

我稅七殺啊！我还七殺朝斗格咧！你給我好好記志啊

打洞器我豪情萬千地打～～～！

就這樣乱搞，我很快就完成了！而且一迈種田呢！

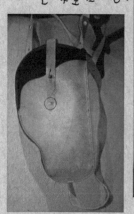 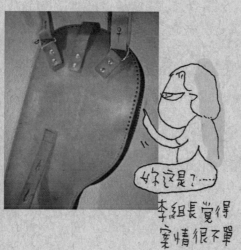

妳這是？……

李組長覺得案情很不單純……

這是最原本的樣子

後來我把這個包的皮的部分染成黑色，（我真的是要對自己狂吼，阿桑啊！妳怎麼那麼有時間！妳都已經是阿桑了，還不趕快去看夜市人生，追上流行話題，偏偏要在那裡染皮包！實在太冷門了啊！）而且重點是，我還染壞了。

黑色是怎樣能染壞？其實染過後它看起來是黑的沒錯，可是會掉色—掉色也還是黑的，並沒有掉成原皮色，只是那染料會沾染到衣服！然後我為了解決掉色問題，還開始給它推油、強力陰乾風乾烘乾，什麼都來。搞到最後我覺得我阿桑的青春簡直太沒回憶了（日後回想起來，這不是很可笑的記憶？），剛好又看到原始的那個槍袋有貨了，就決定花錢了煩惱，別再和自己的人生過不去了。

水災

早在幾個月以前，我就曾看到我家車庫下，有一小塊地濕濕的，但，當時也不以為意，只以為是什麼森林裡的动物在那裡尿了一泡之類的，因為那泥土地上只是一小圈濕痕，並沒有積水什麼的。

上上星期，大王在車庫之下砍材，我雖沒有夫唱婦隨，倒还是有去奉茶……

咦?! 这泡尿还在!?

不会是你尿的吧?※

说起来，我也看到这裡濕了有一陣子了!

是漏水吧?

如果说到漏水，那表示地下的水管破了。所以在我催促之下，大王終於也請了水公司的人來看看……

車庫 馬路 坡 漏水处 水公司

車庫側面图

暗喜♡

如图所示，你的漏水处不在馬路上，所以，这是你家範圍!你們要自己修!

不是我們的責任!

矮油…做稿做到現在，我發現我09年真是充滿了不愉快的回憶啊！（如果不是現在要整理書稿，我還真是不記得那麼多鳥事是發生在同一年。我的意思是說，這些拍咪訝我是項項記得的，只是不以為它們原來都是擠在2009。）

我好強!!

挺過來了!!

緊張又心煩的我，還是挖著水工司的人猛問，因為我知道大王是龜速，可能不會那麼快找人來修，我至少要知道漏水的速度嚴不嚴重！

在路邊信箱的後面地上，有這樣的水泥板。

水表在這裡，看，那個三角形在轉動表示有水流出，目前看來，不算嚴重……

太好了，我想也是，我的水費帳單竟沒有漲很多……

呼—

不過，水公司的人也有交代，要先打電話去找另一个机構來劃地才能挖，因為自己亂挖可能會挖斷瓦斯管或cable線或電線。

打開以後就看得到水錶了。

什麼!? 哪有這麼麻煩的? 我自己小心挖就好了!!! 我偏要挖，而且現在就要去挖!!!

你的積極為何一定要用錯地方呀呀?!

如果家中都沒人在用水，錶正中央的三角形還會轉動，就表示漏水了。坦白說，一開始並沒有漏很兇，三角形的轉速算很慢的，但大王一開挖之後就不是那麼一回事了。

現在水之所以沒有漏很大港，就是因為有泥土地包覆著，你一旦挖開了，水會大港地噴出來!!! 除非你立刻找水電工來修水管，不然我勸你還是別去挖!!!!!

你幹麻一定要這麼反骨不可?……

這是我挖到快好的洞，我知道你們一定心裡會想：也沒什麼了不起啊，又不是多大！

但，挖洞沒有你們想像中容易，首先，下面是水管，你不會想都不想就用力鏟下去，因為如果鏟到水管造成更大的水管破洞，那你就得再把地洞挖得再更大，如此惡性循環何時挖得完？

其次，你在挖的時候水並沒有這麼清澈，因為你會攪動到水和泥，所以你根本看不到水管在那兒。

（續下頁邊條）

但是，大王完全認為我是个無知婦人，他就是要立刻自己去找到漏水處來證明他的厲害——不需要画地的人來告知他挖哪裡，也不要水电工愚昧地找不到漏水處而漫天開價！

看吧？有什麼難的？我自己一下子就挖到漏水處了！

乾脆繼續挖挖看有沒有石油吧？

我就知道……我就知道……現在變噴泉了!! 我們家有噴泉了!!!!!

之後，果然大王又是回到龜速的正常自我，在我三催四請之下，噴泉了三天三夜之後，他才找來水电工!!……

但，你挖得不夠我們作業用!如果我这樣接下去，还是得再挖大，这樣要收900，对，只是開挖的工錢而已……

修工大約要再700多左右……

什麼!?挖个洞就要九佰!? 我有太太了，讓我再聯絡!!!

要我挖？

挖个洞要美金900？就算是老公的錢我也味著良心花不下去!!!但看著水一直噴我一樣心痛!所以，我当然是去挖了……

嚴格說起來，大王並沒有叫我去挖洞。只是自從漏水處被挖出且找到後，漏水速度之快連鈴木一郎也要搖頭！平常只有我在家時，我當然會去把總開關關掉，但若是大王在家，他一定堅持他要有水可用！

有什麼不对？我是大王耶！

容我提醒各位，這个人都中午才去上班，7:30PM左右回家……

我當時會怨恨他，並不是他堅持在家要用水，而是他明知他速度不快，為何當初堅持要把漏水處開挖出來，且隨後又不快速處理!?一天漏水漏了14.5小時，我的宗教情懷讓我深感痛苦！

一个和尚沒水喝

是為了讓大王能加速處理，我才自願去挖洞的！我想等我把洞挖得夠大了，他總不能再拒絕立刻叫水電工來修吧？剩下的700多修工錢，他应該要付得很爽快才是吧？

然而，就就在我每天下午都去屋外一點一滴地將洞挖大時，有一天大王下班回來竟然說一

其三，我家的土質是黏土性質而底下也夾帶大量石塊，黏土遇水已經是黏ㄒㄒ地沉重了，敲到石塊就更是討厭，簡直像考古學家一樣，得慢慢把石塊週遭的泥土細細移開，才能順利把整個石塊挖出來。

其四，不是挖得看到水管就算了，由於作業需要空間，還要在水管處往下挖至少一呎，讓水管騰空那樣。

其五，雖然我在挖的時候會把水源關掉，可是因為地處坡地，餘水總是會一直再流到洞裡，我於是還得每隔一陣子人工抽水一下，不然會不知道自己在挖什麼。

最後，因為是黏土，所以隨著挖的時間鏟子會越來越重，土都黏在鏟子上了，我也得每隔一陣子清一下鏟子，還得把挖出來的土移到它處，不然稍後會沒空間作業。

修水管材料

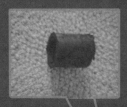

切掉漏水的那一段，
訝異吧？爲一個小小
裂縫費如此大工！

← 如此這般 →

我決定了！

我們自己來修！700!?那是搶錢!!!

昏

自己修?!
自己修……
(請問你到今做了什麼???)

爲了說服快要大核爆的我，大主帶我去一家居家DIY材料店，而且店員也很熱心地對我解說！

沒錯，即使是專業的水電工也是這樣修的!! 而这樣就要收你7、8百元!!

水管
塞入這玩意…
把漏水那段鋸掉。
水管

那是怎麼回事??? 怎麼可能塞得進去!?

嗯……

先生，我也在耶，你為何只對我老婆解釋?

←任誰都看得出苦命的人是我!! ※

挖水管挖了好几天的我，雖知我家水管是塑膠的，但，我完全不知道它其實是稍具彈性的！那个塞入物雖是金屬的，而且直徑几乎和水管差不多大，可是因為水管还有一点、彈性，所以是可以很勉強地彎力擠入水管的！

像這樣扮彎→
彎力硬擠

漏水這樣能止住，想也知道尺寸必然是緊到近乎不可能

可以説，直到此時，我才了解為何洞得挖那麼大的意義！就是為了讓水管露出更多長度來，這樣才能辨得彎！

所以花了18元買齊材料之後，我隔天開始更勤勉挖洞，就是為了趕在週末大王休假時，他能花最少的時間來幫忙接水管，來共同修復漏水，但，星期六一起床，大王还是堅持先吃早餐！

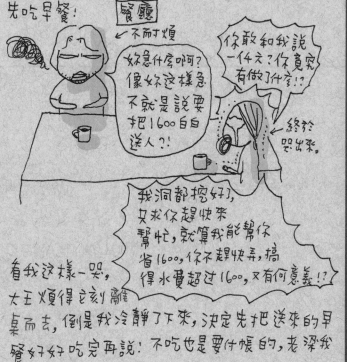

餐廳
← 不耐煩

妳急什麼啊？像妳這樣急不就是説要把1600白白送人？！

你敢和我説一件六？你竟竟有做了什麼！？

← 終於哭出來。

我洞都挖好了，央求你趕快來幫忙，就算我能幫你省1600，你不趕快弄，搞得水費超過1600，又有何意義！？

看我這樣一哭，大王煩得立刻離桌而去，倒是我冷靜了下來，決定先把送來的早餐好好吃完再説！不吃也是要付帳的，老梁我決定言行一致，説省錢就是要省錢。

没多久大王也回來了，終於向我道了歉，二人火速吃完早餐回家修水管。

我這边接彎了，你趕快放進來。

好，要進去了，不要乱動……

夫妻倆刺激的假日生活—結局是美滿的……完

說到婚戒，大家想的應該都是鑽戒那些豪華形態的戒指，不過其實在國外，婚戒就是一圈再平凡不過的金屬圈（多數是K金）。

我們在洋片中確實也常看到男主角拿出大鑽戒向女主角求婚，不過那在國外其實是訂婚戒，真正的結婚戒指真的都是一圈無鑽的，再多看一些洋片，尤其是已婚夫妻的那種洋片，仔細看他們手指上的婚戒，真的都是一圈而已。

我曾經很不解，怎麼會是訂婚戒比結婚戒更隆重？不過後來我覺得真是有道理！家庭主婦們日理萬機，怎麼有可能戴著大鑽戒還能做大事？萬一不小心弄丟了，那真的是大失血吧？所以訂婚戒是偶爾拿出來看一看或戴一戴，但日常生活要戴的結婚戒則是越簡單越好，也不必太貴重。畢竟日子還是要過。

潔銀

幾個星期前，大王的結婚戒指（純銀）變得非常黑⋯⋯

你的肉是不是有毒啊？怎麼戒指黑成這樣？！

你老實說！！

有毒？怎麼說？是妳給我下毒吧？

同時間戴戒指的我，不但戒指沒變色，也還有一种銀光閃々的感覺，再說，我們西雅圖也沒溫泉什麼的，能讓一个銀戒指黑成那樣，我覺得很不可思議！

算了，多說也無意義，

我趕快來去買个洗銀的東西吧！

妳不想解釋，是不是心裡有鬼？妳餵我吃了什麼？⋯⋯

這几年我对AMAZON.COM的依賴漸深，什麼鬼東西幾乎都在那裡買，所以，我很快地上去搜尋了 "silver cleaner" ⋯⋯

搜尋結果出來不少，依照慣例，本人又是點
選最多人給好評的2罐一組的東西，連
內容都沒去讀……
沒几天，東西送到了……

奇怪？怎么沒有變乾淨???

会不会，是要浸泡才对？

推磨了半小時

小碟孖泡了半小時

竟然完全不為所动!?

喂！我的戒指到底清好了沒？……

到此，我才終於
開始讀說明書!!!

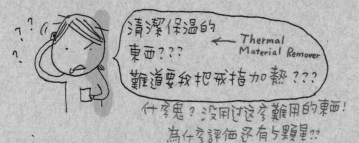

清潔保溫的東西??? ← Thermal Material Remover
難道要我把戒指加熱???

什麼鬼？沒用过这么難用的東西！
為什麼評價还有5顆星??

最後我把那清潔液和熱水混合，將戒指泡
下去，依然無效後，我終於大起疑心地上網
去查了！

後來我才知道，我買到的是
清潔電腦內部的清潔劑，因
為搜尋引擎其實很笨，當你
鍵入 "silver cleaner" 時，
你想的是潔銀的工具，可是
它會把含銀字的清潔劑都一
起搜給你，萬一那個清潔劑
的品牌叫做「銀」什麼的，
就算它不是潔銀用的，也一
起搜出。
我只是不知道為什麼那個清
潔電腦的東西會和銀扯上關
係？只因為它們公司叫
ArcticSilver？

遠　目..

不要亂取名字好不好？……
不然以後是不是連銀狐用的
婦潔都搜給我……

啪

口尼

斷頸！

那根本不是清潔銀器的嘛！！！

好像是清潔電腦內部的東西还是什麼的！！！！！

这太離譜了！！！

我的戒指到底好了沒？

為什麼会出現在 Silver cleaner 的搜尋結果中呢？我想這应該是類似「銀牌漿」清潔組這樣的廠商形容用詞！！！

絕对不能讓大王知道我又搞了ㄍ白痴笑話啊！！在大王催促下，又羞愧，又緊張的我，立刻將這清潔組藏到我的抽屜中，並急急忙忙地到浴室擠了一坨牙膏在大王的戒指上！（註：牙膏聽説有潔銀之效）

為什麼牙膏有這麼多神奇的傳說啊？聽說它治青春痘，治燙傷，還能潔銀。

我一項都不信，我只是很納悶它怎麼走到治百病的…

萬用

妳是用什麼清？

高X潔.

2小時之後

怎麼好像沒有很亮麗如新？

可不是嗎？

簡直太过份了嘛！什麼爛清潔組，根本效果不好！！！

阿輝和妮姬在今年生了(2011)！
是個小帥哥。雖然我聽妮姬說她本來比較期待女兒，可是我想只要母子平安，是男是女都不是他們最在意的。我真是為他們感到高興！下一代耶！

今年台灣大爆塑化毒，我自然也很關心地去信問下一代小雞可好，還好，正常！

時代變了……
居然問這
种事呢
……

9月初時，我在網路上買了一対魚盤要送人

我在Y拍買了个魚盤好像太大了……

魚盤？買那种東西幹麻？

浪費錢

因為我家的桌子是條船(的造型)当然要捕到魚比較吉利……

在台灣

就是因為这樣，加上阿輝(前夫)又搬入了新家，所以我就在美國的網站上另買了「一対魚」希望祝福他及幼齒的太太妮姬新居愉快。

結果，半个多月过去了，这一対魚还没游到西雅圖，連蔣中正都看不过去了！(従此個性大變？)

老闆

拖歉，拖歉！你的魚盤卡在新竹檢查站，我馬上去处理！！

喔，这樣好了，我従公司再出一組貨，快遞給你！

最後的結果是：我沒收到東西，也沒去退費，只去和快遞公司吵了一架，但大家都無可奈何。

這件小事居然還真找不出誰有大錯呢！簡直就像掉入一個時空重疊的縫隙中，卡得大家動彈不得。原來，這賣魚盤的公司之工廠和倉儲位於墨西哥，所以他們出貨來美國都要額外付稅金（跨國），但這稅金並沒有從客人（我）身上拿，是該公司自己和快遞公司之間去解決，所以當貨沒寄達我家又退回墨西哥時，聽說被扣了兩次稅（又跨了一次國界）。魚盤老闆當然不滿，東西沒抵達應該是快遞公司的錯，居然還要他承擔出錯所造成的損失，站在他的立場看，是我我也會不滿！也不願意多付費用！

可是他不知和快遞怎麼解決的，確實又寄了第二次，第二次貨一出去，連國界都沒跨就又退回他公司，我猜是跨國稅金的談判上出了問題，可能原本快遞有答應要吸收重複的跨國稅金，不過因為老闆是「重新寄一次」，而不是就原本那個包裹編號來處理，所以兩造又出糾紛，快遞要求再次付費（因為是新的包裹，不是舊的那一個），老闆不爽了，拒收退包。

結果，到老闆承諾的3天後，魚还是没影子！

你給我追蹤號碼吧？老闆！！！

這是我的馬尾，不是亂畫.

結果拿了追蹤號碼到快遞網站查之後，我嚇了一跳！東西不但顯示

已抵達，还遭「收件人拒簽收」！！！

見鬼了！！明明沒有快遞來过！！哪來拒收？

我向老闆反应了狀況，老闆也立刻和快遞公司聯絡，快遞說：『明天會再試投遞一次』。但是到了隔天，快遞不但沒來，追蹤網頁甚至还顯示，魚已经往東南游去了……

再然後，老闆說他生病，失聯了好几天。

小國有什麼不好？

在台灣就算用黑貓來衝，也早就到了吧？

我在美國竟然等了一个月还等不到！

本來以為，事情就是這樣結束了吧？我大概被詐欺了……，但回復健康的老闆竟然又回來了，他說他也很生氣，已經又寄了一次

快遞，這該三天後會到！
三天後，倒是老闆自己氣呼呼地來說，他遇上史上最不可思議的事！—— 三天後這包裹投遞抵達他公司！！！

通知

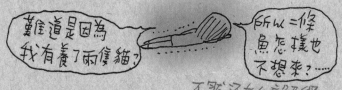

難道是因為我有養了兩隻貓？

所以二條魚怎樣也不想來？……

不然還有什麼解釋？

老闆本來說要退錢給我，但是我想我一个多月都等下去了，乾脆就堅持到底吧！
因此這星期我都不敢出門，深怕我一出去，快遞剛好來，魚又迫不及待地回到他出生的地方……

什麼？為什麼要半夜去買藥？

還有，好的瀏海是怎麼回事？……

因為白天不能出門，魚隨時可能來……

我的馬尾氣飛了……

回醉公

這是沒錯的啊！魚就是要逆流而上，拚命地回到他出生的地方啊……

所以那個包裹確實是卡在快遞公司自己的倉儲，沒有回到原公司。
我去電快遞公司，說我要自己付稅金（不然能怎麼辦呢），請他們還是把包裹寄給我，結果遭到快遞公司合理拒絕，他們說，東西是在他們快遞公司的墨西哥分處，還是要原始寄件人去處理，無法由我這邊解決，他一直和我道歉，說一切都得按規矩來，他也沒辦法違反規定。
我呢，我衡量賣東西給我的老闆沒錯，快遞公司問題比較多，規則也比較多，也無法針對特定人物指責錯誤，但，當初沒有寄到我家是真的，他們可能找錯人家而被拒收，送貨員卻沒再仔細核對地址就退回了。事後大公司規矩又一堆，搞得大家無法解決問題。
結局就是三輸，老闆沒拿貨回去、還賠了運費稅金，我付了錢沒收到東西，快遞（就算是送錯）也是白跑了幾趟，也是有花到他們的人力，並不是沒有，雖然魚盤在他們那裡，但他們又能拿它幹麻？而且他們為此還失去商譽（至少我和老闆都不再信任他們家快遞了），沒人贏。

人生真是詭譎多變。
在寫這一篇之前 → →
我只有那麼一台古董電腦
，而此刻，我已經有三台
電腦了！簡直是逆轉勝。

不過我還是依然在用這台
古董電腦做稿，它已不連
接網路了，就是專門處理
工作圖稿而已，所以運轉
速度很正常。
另外兩台都是筆電，本文
裡的T牌好用耐操，只用
來上網，另一台後來買的
S牌，只有旅行時才用。
（因為它輕薄。）

決斷 **2** 秒間

我原本的家用電腦螢幕早已超過10年之老，至
於主机，則用了有七八年了吧？以致於，它連
上網都是超級地慢！

可是，
友口

網路慢
応該和
电腦無
関吧？

如果电腦
太高齡，还
是有関吧？

瀏覽器点下
去，10分鐘才閃
出來，这和網
路速度無関…

多少次，大王都忍不住要
主动買一台新电腦給我…

好这太
扯了吧？
这只有在博物
館才有展
出的吧？
你还在用!?

你給我放
下！烏龜正
在做最後
的衝刺了，
你想把兔子
吵醒嗎?!

如果有人和我說地球、環保等，我至少可以很驕傲、問心無愧地說，我製造的垃圾很少！不要說是電腦了，我的數位相机、我的繪圖板及筆等型号，早就一件老到網路上也找不到趨动程式了！

所以对我而言，要換一台電腦已經不是只有換一台新電腦那麼簡單而已！我週辺的配備難道都全部要一起換?!

要換我這一套免談!!! 你如果真的看不下去，就買一台筆電給我專攻上網用!

我們一起慢慢老去，別怕!!

对嘛～是可以買一台筆電嘛!!!♡

一直不斷地更新的電子產品們，實在是罪惡啊！稍一沒追隨它們的腳步，就会有阿祖認不出曾孫的悲哀！這麼多年沒有買電腦的我，当然是認為要選就得選最新的！这樣就又能捉到之後几年的時間，有餘裕地再一一更新別的週辺！

一定要windows 7，要薄要輕!

這該是趨勢嘛!

就这一台吧! Sony的紙片机!

还要薄的，可是atom的处理器就有点…

不過午夜夢迴之時，我也常問自己爲什麼？‧‧‧

那兩台有在上網的筆電，按照慣例是裝了防毒軟體，所以儘管我居家之時只用T牌，卻還是得時不時拿出S來更新防毒軟體和windows，時不時要拿出來充電一下（就算沒開機也是會流失電力的），時不時跑一下掃毒。真是自找麻煩。

還有三台電腦並無連接（我懶得去建立彼此的連線），稿子做完要電郵出去，只好拿隨身碟來當搬家貨車，把資料從古董電腦移到隨身碟，再從T電腦讀取隨身碟的資料寄出。

像我現在做書稿需要相關照片了，我居然得三台電腦都去找，因爲資料四散不知存在哪一台，是不是超級蠢？

不过大王也知道,我這一台筆电主要就是要上網用而已,如果我喜欢,他当然没意見!

不行嗎?

但,大王似乎就很急!因為紙片机没得立刻買到,他又带我去另一家看电腦……

看來是这樣……

讓我做最後的告白吧!一台要四萬多的SONY紙片机如果是我自己要花錢買,当然是花不下去!但若是別人要送我,它是我的首選!我那又醜又老又厚又巨大的古电腦我都没怨訂,我不相信我对風評不是很棒的 VAIO 令不能忍受!如果說有什麼不能忍受的,也只是……我不想在它美麗的机身上貼上注音貼紙啊!!!……

去年生日還是聖誕(這兩個日子連太近了,我經常搞不清收禮物順序),總之我決定要S牌那台紙片機,不過我不介意二手貨,尤其它如果比新品便宜很多,那我更覺得有何不可?所以我們在依貝買了一台二手但是是新版的(容量更大,也可用3G上網,不是只有wifi),它專供出國用。

←這裡在說鍵盤貼紙,我現在都要笑出來!因為我拿到S之後,直接拿出奇異筆,大方地把ㄅㄆㄇ寫在鍵盤上(這台機器是日本原裝,上面是日文鍵盤),二手貨就是有這種好處——沒那麼心疼。可是我要說,出國真是輕盈多了!

西雅圖奪魂鋸

現在想起來，之所以會那麼快去處理這根斷木，應該不是因為它壓在志玲姊姊身上，而是它壓到大王的薄臉皮：這根斷木過路人是看得到的，雖然完全不會妨礙到路人行走，可是會給他們帶來茶餘飯後的話題，大王當然不可能容許這種事發生・・・

做王的人可以不顧庶民觀感嗎？
妳根本不了解王位有多難坐！

人是會改變的，以前在台灣我最喜愛的季節是冬天，現在到了西雅圖，冬天漸漸從「矮油，怎麼這樣」到「我們之間已經沒有什麼好說的了」……

西雅圖的冬天，難得有好天氣，太陽不露臉也就算了，它還總是哭不停（下雨），要不然就給你幾陣強風……

強風過後，從樹枝掉下來的樹幹。

哇！這樹幹好大！還好不是打在屋頂上。

它卡在花架上了！！！

你別再搖了！花架要垮了！！！

卡在花架上有什麼了不起？反正花架上也沒有花了！這本來是件不急著解決的事，我家庭院的造景主題早就是「夏夕夏景」了，多給鄰居看一樣，也只不過是加發個年終獎金罷了。

但問題就是,這節樹幹的上半部是壓血在楓樹上的!而這棵楓樹,可以說是我家庭院中的林志玲!誰能忍心看著林志玲變成敗柳?

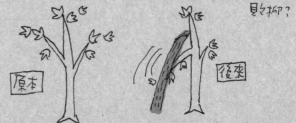

原本　後來

既然樹幹鋸不下來也搬不動,当然就是出動重机械的時候了——

科科科

咔咔咔!!!

道具組的!!!這种電鋸不对吧?!德州明~是用這款的!!!

妳要的那款的是吃油的,沒油了!

反正这裡不是德州,是西雅圖……

但,那种木工用的电鋸其實切不深……

由下往上…

妳不要限止我為好菜塢提供新創意!!

你要不要改成手工鋸?這樣比較細緻吧?

血腥的恐怖片好可怕,嚇得我很難入睡⋯⋯

就是說嘛,尤其是殺人用錯工具時,實在很沒水準地嚇人!

好啦，我必需說，拯救林志玲也不是真的只為了愛護庭院中的花瓶！那樹幹仍然還是有打到人的危險（我家兩人、郵差、快遞、小偷等，會下樓來的人），不是不會到，只是不知道何時到！我不过就是傻傻地認為不會是我，所以傻傻地不想把休閒時間花在這上面！奪走鄰居茶餘飯後的話題，是件多殘忍的事！而且家裡多裝了ㄅ保全系統，不是挺好的嗎？

隨地一丟

你这ㄍ人还有羞耻心没有？

你那樣就很有羞耻心？

工具也用錯，垃圾也乱丟！

容我順便一提，舉凡是这种悲傷的情節，在戲劇中都是要下雨的，但是在我們西雅图，用的可都是真正的雨水，而不是人造雨！

鄰居

親愛的，我不懂，他們夫妻倆花了那麽大心力把垃圾從A桌移到B桌，為的是什麽？

我也不懂盂果人……

要不要把我的電鋸借給他們？

我做鬼也不會放過你的…

Z..z..z..

唉，你根本不關心電影…

勇敢。

我以前應該有說過，我很痛恨美國這種「卡」的遊戲。我現在還是很痛恨，所以這邊所有的卡 →
現在只簡化到剩下一張：就是決定以後都去他家買東西。
我真的是很不耐煩的人。

住美國多年之後，我本來的鑰匙圈是大王的照片、後來改成台灣家人的照片，但最後，變成一串在美國求生的各种卡！

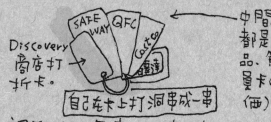

Discovery 商店打折卡。

SAFE WAY QFC Costco

自己在卡上打洞串成一串

中間這三張都是生活日用品、食物的会員卡当然就是折(價)

裡面，有我最喜欢及喜不喜欢的！例如 Costco 我並不很喜欢，因為要缴会員費、而 Costco 又經年擁擠、家庭号大包裝，实在並不適合我家這2人小家庭！而 QFC 就很離譜的討喜了，表面上你好像是須要填会員資料申請表，但事实上，他們把会員申請表和会員卡同時交給你之後，你丢掉表格直接開始用会員卡也不是問題，完全可用！

而 SAFE WAY（我通常在他家買菜），雖然要老々实々填表，但好处是，你如果忘了帶会員卡，可以直接報上電話号碼，這樣就行！

除此之外，SAFE WAY也有个禮貌愛民舉止，每次你結完帳後，他們会說：

你今天省了XX元，謝谢你，張小姐！願你下午好……

謝谢

因為有照實在建檔客戶資料，所以名字都会顯示在收據上，而他們也会唸出來。

有一晚，我和大王又去 SAFE WAY 買東西，経常会掉卡的大王照例那天又是找不到会員卡，但，SAFE WAY 可以報電話号碼嘛，所以大王就報出了号碼，接下來，照例又是 SAFE WAY的禮貌政策——

你省了4元，謝谢……阿里扣……啊，不，是SK揪……

幹嘛堅持要唸出來？（而且还唸錯!!!）

幫大王保養車子的那家店老闆是個義大利人，所以他每次叫大王的名字發音不準，大王也不會怪他，所以他一直喚大王「阿利得」。

雖然我曾納悶過，畢竟義大利捲舌音也很多，老闆怎有可能發不出正確發音？直到有一次大王拿車回來，看到車鎖匙被掛了一個識別名牌，我們才知道那個老闆並不是發音發不準，而是他根本就搞錯大王的名字——是 Arild，不是 Arlid。

不会唸大王的名字早就不是新鲜事了！大王也很隨和，通常你唸什麼就是什麼了，多半不会唑去紅正。不过，這位小姐实在唸得太奇怪了点，程度甚至超越我的水平，所以令大王瞄了一眼拿到手的收據，而收據上大王的名字是這樣寫的：

ARICO   SKJOCSUORD

正確：ARILD   SKJOL ✕✕✕✕✕

这樣她也唸得出來?! 我只能説，她是我見过最願意嚐試的人!!!

很勇敢!!!

阿里扣……

哇哈哈哈哈

阿里扣死k撲……
↑
後面我也不会唸!!!

笑歸笑，怎麼，我乱唸阿烈得.阿肉得、阿流得這麼久了，卻沒被讚过一次「勇敢」？

莫非……一定要叫阿里扣不可？

喂！阿里扣！

阿？？

好不叫誰！
→ bitch

同工不同酬……

如果說是美國人或外國人搞不懂挪威名字在那裡亂改，也就算了。今年我們去挪威參加婆婆的老公之大壽宴會，我們在挪威租了一輛車代步，結果後來收到帳單時大大嚇了一跳，不是金額超出想像，而是大王的名字又被改得他幾乎認不出來！尤其是姓，十個字母本來就不少了，改過後的甚至高達十六個字母！

那些人，根本就

不是我的同胞!!!
文盲啊……

執念執念執念

執念執念

早在去年聖誕前，我就已經想買「睡美人枕套」当聖誕禮物送給挪威家人們，但是当時該商品正熱銷中，加上運送的慢速，我算、時間会來不及，所以就放棄了。因此，今年我搶得早，10月初就去訂貨！

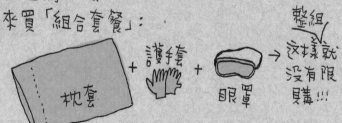

太过份了嘛……
為何枕頭套
一人只能限購
乙个???……

就因為枕套有限購的問題，我只好痛下心來買「組合套餐」：

枕套 ＋ 護手套 ＋ 眼罩 → 整組
這樣就沒有限購!!!

而我不只買了六組，連大王的份也買了，因為不管它到底有無消除皺紋之妙效，但最起石馬，它而骨縴抗菌，对大モ的过敏这該有幫助。

公公 ＋ 他女し   婆婆 ＋ 她先生   小姑 ＋ 她先生

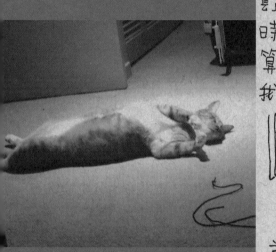

我最會演睡美人了 …

所以当貨送到後，不甘心的我（覺得「套餐」比較貴），立刻把大王的眼罩和手套污下來自用！

不誇張，去年以來又發現另一個疑似老化現象—就是睡覺時，腳沒從棉被裡伸出來會死，感覺滾燙得像著火一樣。

我：「我大概是更年期真的來了！」

大王：「沒聽說更年期發熱是從雙腳開始的，一般來說不是臉嗎？」（推眼鏡，顯示博聞。）

我：「我的臉有在保養，所以還青春，只好從腳發作起。」

大王：「去給我看醫生！……」

我必須承認，睡覺戴手套還真是悶!!!不到10分鐘，我自己已經放棄拍鑽戒廣告的夢想!!!太悶的感覺真是難以入睡！
但是呢，眼睛（眼罩）我有堅持，因為我想打玻尿酸好一陣子了，在我錢存夠之前，沒魚蝦也好，眼罩我堅持好心戴著。
因此，每天早上我起床時，總是神奇地發現我的眼睛明亮了起來……

我是了相當有執念的人，凡我認定自己能力能做得到的，我很少輕易放棄。不過，連著好几天醒來都是眼罩躺在我身边，我也火了！

已經放棄拍鑽戒廣告了，而憑我的姿容和豐富的資歷，我当然是不可能能拍死K吐，不过，總覺得如果我的單眼皮能回來，那真是太好了！（註：現在的双眼皮是「皮皺下垂」形成的。）
又経过多天的努力後，眼罩終於能不再離身了——

我不是有恆心的人，我早就沒在用這個眼罩了，只有枕頭因為睡覺一定需要，所以還繼續用。
只不過有一陣子我的睡覺造型應該很嚇人，除了眼睛戴著眼罩之外，我還戴口罩（因為覺得室內太乾，我的鼻孔光是呼吸到那個乾空氣就會覺得痛），所以形成整個臉都遮包起來的狀態，卻露出兩條熱腿。我如果靈魂出竅不小心看到那樣的自己，大概也不會想回去了⋯⋯

這裡是指頭髮會被撫直撫平（除皺）。

老婆的反擊

今年，也不知大王是哪裡吃錯藥，有一天他突然自己打掃起家裡來。我看他開始打掃，內心也不為所動，因為我當時小人地猜測，他一定是想要敲動我的惻隱之心，柔性逼迫我去加入或接手打掃。

結果他真的也沒說什麼，我也沒去參與打掃，更那個的是，等他掃完後我還對他說：

現在，換我開始吃洋芋片了！

（註：以前我每次大掃除完，他就開始吃洋芋片，把屑掉得到處都是，所以我才抓狂拒絕打掃。）

大王居然還大笑，顯然他是記得自己的惡行！不過倒是很有雅量地讓我挖苦。

每天早上大王出門上班前，我都会到門口頌一下家經「路上小心」、「東西都帶了？」、「藥吃了？」等，我不知道自己怎麼会温柔体貼得这樣？但我確实從不缺席。

但是，大王有時还真是蛮讓人生氣地以怨報德......

我真是不懂耶......

房子这麼髒，妳竟然还住得下去？

↑
意思当然是指：
「妳閒在家，怎不打掃一下？」

不錯!!!

真是天殺的太对了!!!
你竟敢要老娘住在这麼髒的地方!!
馬上去給我打掃乾淨!!

我的委屈你總算是了解了!!!

ㄟ？那安捏？

上一個画面，只能在夢中!!! 真实的我是脑袋先氣到一片空白，一小時之後作一下此夢，三小時之後開始反省自己真不是个好太太......

四小時之後，我已經懦弱地在吸地了，說不定嘴裡还哼唱著家後……。

但是!!! 好太太也是有記帳的! 這一筆一筆不論多小，我都等著討回來!

明眼人早已看得出來，我們家非我所願地，已經演變成「大王只要賺錢就夠了，其它的，我來!」，所以我也一步步變得超強，修馬桶、修水管、裝電燈、砍柴、煮飯無所不能……

以前曾経想買一个「六段變速馬桶通」送大王，朋友曾戲言，買了也会是我在用，（这我深也覺得是个鉄口神算），加上我後來陷入斤貧，这玩意就作罷了! 所以，我家还真是没有一把这种東西!!!

BUT,

鉋子〈吉祥物〉

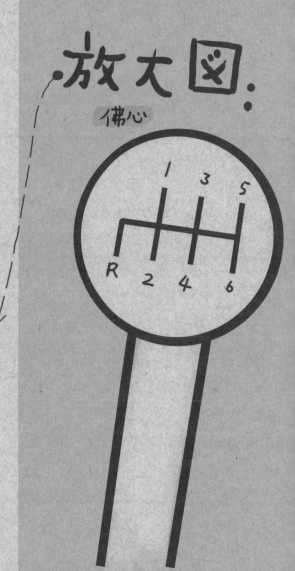

放大图.

佛心

1 3 5

R 2 4 6

為什麼是鉗子呢？因為這个洗手桧的出水孔是這种的：

← 這个東西往上拉的話，那个治塞就会堵住出水孔，可以蓄水在洗手桧洗臉或幹麻……

我的治塞已經堵到完全拉不出來，自然就無法清理下面的堵塞。用鉗子，是為了要先把治塞拉出來！

嗚哇!!!

好噁!!!

＜＜＜＜＜

根本……底下全都是我自己的頭髮!!!

不过大王並不知道，表面上我们能看見的，都只是他的鬍渣而已。而，這是我復仇的好机会！浪費掉我不会原諒自己的!!!

全都是你的鬍渣!!

还敢說老娘不打掃？就是你拼命亂鬍房子的!!!

是是是…

我下次再也不刮鬍子了……

我至今還是覺得自己掉髮量正常，那是基於和自己的過去比，而不是和別人比。

不過，我也有注意到，大王並不是不太會掉頭髮，只是因為他毛色淺，比較看不出來。可是他會因此和我吵，說我的掉髮把浴室弄得很胎哥，經常要我去掃廁所。

因此我一度有想過，以後開始有量較多的白頭髮之時（實話說我至今沒染過頭髮，我有白頭髮，但是和年輕時一樣只是偶爾出現幾根，還不達必染髮的境界），我大概就能除罪了。

時代進步到這種地步，愛血拼的大家難道不覺得，其實出國也沒什麼好買的？那些世界知名大牌在各國都有人代理，或自己跨國四處開分店，有沒有出國還不是都找得到那些牌子。

我最常被問到的於是就是：什麼是美國有、台灣沒有的？我的答案於是就顯得很寒酸：二手貨和古董。

西方人很會保存東西，一般人家的倉儲或車庫，經常留有好幾代以前祖先的舊物，很多當年封箱之物後人甚至沒去打開過，有時要搬家幹麻的，乾脆弄個 G-sale，要不就捐或賣給二手貨商店，或有識貨的後代也會拿去拍賣，或轉手賣給行家，要不，就是原封不動再次搬去新家堆放。而且這些物品量很大、來自世界各國（美國畢竟是個移民國家），實在是尋寶者的天堂。

所以對我而言，逛血拼魔的樂趣永遠不及逛 antique mall。

黑色 星期五

早在搬來美國之後的第一個感恩節起，我就一直知道，次日的星期五叫做黑色星期五——而且是大拍賣的日子！

要去妳自己去，

我才不屑為了省幾个錢而被瘋狂民眾当熊皮踩……

（註）→因為大家老早就等在商店外，商店一開門，一团人蜂湧而入，経常就传出意外

这种地毯

不，不，不，

我也不喜欢人擠人……

新婚嘛，人都有作做的時候……

往後的幾年，我也一直都沒去過黑色星期五大血拼，一來是因為（最重的原因）我根本就起不來那麼早！（我血壓也低）。二來，我也會討厭人擠人，新婚那年並無說謊，只是那時好奇心比較強，等我对住美國这件事沒了新鮮感之後，也不再好奇了。三來，当時沒那麼缺錢，物慾也低，不知有啥是特別該趁拍賣去買的？

這一年→
美國發生四處裁員的風暴，連微軟都無可避免地發生了，所以還有工作的人，都突然極度感恩，也比以往更節儉過日子。在這種背景下，儘管大王的工作沒問題，我倆也都不知不覺地保守起來，珍惜眼前擁有的，並且節流。

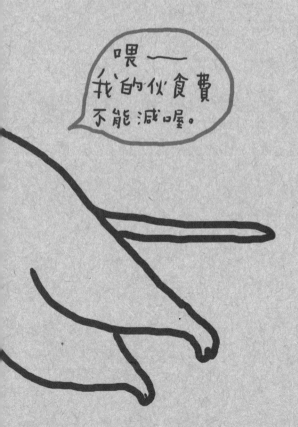

喂——
我的伙食費
不能減喔。

一直到今年，情況完全不同了……

感恩節当晚

我衷心地感謝，我还有工作!!!
也有老婆→

黑暗的年代使人道德美好——

我衷心地感謝，我有个老公还有工作……

這种情況下，人居然也是十分珍惜金錢，几乎沒有開会就決定，这次一定要一起去搶大拍賣，好々省幾个錢!!夫妻同心，其利斷金!
但，世間也是公平的，平常沒有在受訓的人，当然还是不熟練，星期五还是搞到10点多11点才從家裡出發!而且——

原諒我太高估自己，但，我要回家了……

Blue who say !?
不入虎穴!

誰准你了?
我們都到門口了!!!

其实我們也沒有要買什麼
貴重珍稀品，不过就是一些枕頭.床墊(充氣床;我要帶回台灣的)、加濕器、小孩的衣服之類的而已!

不過我承認，真的是很累！不但回如人擠人，結帳也是要排好久，等著客人和店家為價格紛紛筆！才逛完第一家，我也想回家了！

如此大筆一揮刪除了大王的需要，但还是去了服裝店把小朋友的衣服搶齊，这一回之後，連大王自己都寧願伴青燈了……

我曾聽説，搶完大拍賣後通常大家都會回去補眠，那是因為他們起很早。我們沒有起很早，也还是回家補了眠，因為，實在太累了啊……

大王的家用電腦換了好幾次，倒是那個古老鍵盤一直留著，不是買新電腦沒附送新鍵盤，而是新鍵盤他都看不上眼（越做越小也越靜音，他喜歡自己舊鍵盤的大氣寬闊，不過舊鍵盤有一個鍵經常會卡死），所以他想再另行買一個喜歡的鍵盤。

其實我不會這樣做，尤其在我家有一堆附送的新鍵盤在那裡空放著，是我我會從中挑一個勉強去用。所以這次他沒買到新鍵盤也一點都不遺憾，那不是真正的必需品。

大王今年又買了一台新電腦了，照例又被附送了一個新鍵盤，我默默地強迫他去使用新鍵盤（耗盡心機地把它捧上天），終於他也接受了，所以不用同情他。

什麼話!? 我自己賺的錢都不能給自己買个小小鍵盤嗎!?

下一站，又是幸福

一ケ多月前，大王買了一ケ新手提電腦給我，由於「大環境的關係」，我非常低調地自行 DIY 了我的鍵盤……

自己寫一寫
再貼到鍵
盤上就好了！

反正它又不是超
薄的VAIO
↑
还在唸々不忘……

所以，我的新電腦才風光亮麗一日而已，次日開始，就已經有了罪犯的造型……

喲～
你那什麼死樣子？想匿名
恐嚇誰呀？

很像從報紙剪字
下來拼的恐嚇信……

但，催淚的劇情很快就發生了！才沒几

真心要我說的話，T牌其實很符合我的天性使用，我對它從第一日開始就毫不心軟地使用，彷彿它已經跟我跟了十年。

天，我立刻收到一封信，上面寄件人的住址是郵政信箱，裡面除了一張中文鍵盤貼紙之外，什麼也沒有！

妳的讀者怎麼都這麼寵妳啊？

太催淚了啊！！！

妳能不能告訴大家，我也很需要愛？

哼⋯⋯以為我查不出妳是誰？我可是關於的寫偵探小說的人吧——

所以很快地，我從過去讀友寄給我的信件中，核對出 Doris 這位讀友，如果我沒記錯，連我舊電腦所接的中文鍵盤，也是 Doris 寄給我的，而且一直用到現在！

這個人，好開心女神的電腦嗯！！

案情恐怕不單純⋯⋯

知道她掉了！我請妳去吃大餐！！！

今天星座預測一定有給我五顆星！！！

好幸福！！！好催淚！！！

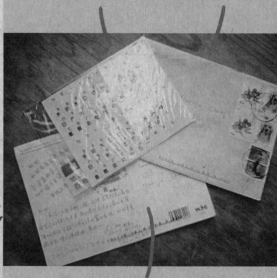

Doris 寄給我的鍵盤貼紙，信封拆開只看到貼紙而已。

這是更早以前她寄給我的明信片，我拿來比對字跡。

當然後來拿出貼紙才知道，後面有

夾著一張她寫的紙條，我根本不需要當偵探找人。

当然,吃完大餐还去了四華人超市大採購之後,回到家我也開始使用 Doris 牌的週边備配……

啊!原来貼紙内有夾一張小紙條,我之前根本無需扮柯南!!

果然是 Doris!

這貼紙是給淺色鍵盤用的,我的是黑色鍵盤……

但,無論如何,Doris 还是説我那一天整天都好運極了,所以我也趕忙寫了封 email 去道謝,根據「大環境」的影响,我当然請她別再破費了,我打字絕對没問題的!!

可是,在我生日那天,我不但又收到 Doris 寄來另一份黑色鍵盤用的中文貼紙,我还又收到另一位讀支寄來的手編圍巾……

嗚……別再

吾人之好運,已经透支到下輩子了吧?……

对我那么好了……

各位,行之好

老是和你們这樣掏,我这丈夫也很累唷!

不要再餵食了!……

我要承認我是個無情無義的人,通常收到讀者的禮物我也只是冷淡地謝謝而已,因爲我的內心裡就是不鼓勵你們再送了,我怕我感激得太有情的話,你們會覺得我人太好太有良心,一切都是值得的,然後說不定,以後決定把遺產留給我……

噗哈哈哈哈

對啦,有夢最美啦……

墨水匣 殺人事件

雖然地球已經在暖化，但是上一週我們西雅圖地區卻罕見地達到了零下七八度的低溫，本來我凍得皮開肉綻的五花膚也想砕々唸几下，但，一看到西雅圖地區竟还是本州之最溫暖處，我又閉上了我的嘴，認真地感謝西洋上帝獨寵西雅圖……

我相信此刻的台灣應是很熱了，是盛夏之時。然而我還是穿著外套，早晚暖氣還要稍微運轉一下。我相信西雅圖是個避暑勝地，大概全世界只有它不暖化。（這已經不再是怨言，而是衷心地感謝，因為我看到台灣那麼熱，並無羨慕之情，儘管我現在的夏天大概一年只得一個月。）

但是，上帝請原諒我

我完全不想踏出家門一步！！！

這就是那屄的感覺呀，誘我們去屋外狂奔吧

這一周，老天更是大發慈悲心，狠々地溫暖了十几度！

那也就是大約七八度，簡直可以去冲冷水澡吃冰淇淋了！但，我还是不太想出門…

我情願穿比基尼在家工作…

当然没这回事！在家工作倒是有！

近期的微軟視窗其實都已經有附WORD了，只是你真的要用它來製作文件的話，當然要付錢去鍵入產品編號密鎖，不過如果你不爽付，它還是可以讓你免費用來看WORD檔的文件，也可以列印。不過此事發生的這一年，大王用的視窗版本並沒有附WORD。

工作，確實还等著我呢！交換日記賣出了中國版权，而這次要以手寫字出版，所以我們必須重寫有簡体字出現的部份，由出版社提供繁簡对照文字档，我們照抄……

屋漏偏逢連夜雨！！！印表机沒墨水了！！它不印表給我！！！

註：我前一陣子才剛換过墨水匣，但，我这印表机(也兼掃描机)是双墨水匣的，这次是黑墨水沒了！！（上次才換的是彩色墨水匣）

老娘我的懶也是有智慧的，我家現在三台电脑，兩台印表机嘛！我去借用大王的印表机總可以吧！？

只可惜，这世間是講緣份的……

（吾人兩台电脑都有裝WORD，卻無印表机可用

大王电脑有印表机可印，卻沒安裝WORD！！

你当什彥微軟人！！連公司產品也不支持

去死吧

書我打不開文件！！！

好不容易幫大王的电腦安裝了閱讀器、也終於列印出表格來，乖乖照抄之後，問題又來了……

印表机没墨水也没關係，我又不需要印東西，但，為什麼没墨水也不給掃描了?!
不是臣子，是嘲天無奈之鼻孔!
我要掃描啊!!!這樣才能传出我的手寫字!!!

大王的印表机並無掃描功能，本來，手寫簡体字的工作也能再拖个几天，並非如此迫切，但，我想到本專欄也是需要手寫後掃描的，這事还是拖不得，終於，我出門了！

忍著台灣人認為是寒流來襲的氣溫，我出門去買了根本不迫切需要的墨水匣，然後回到家……（順便一提，商店中的商品多數是自行拿取、去櫃台付錢的，唯獨這墨水匣竟然有上鎖，你还要去請櫃台人員來開鎖！）

為什麼我明明还抄了型号，卻还是弄錯
又是彩色墨水匣！我需要的是黑色墨水匣!!
豔屍
去商店

本來，買錯是可以更換的，頂多差価不要去索討就好，但，因為我前一陣子才更換了彩色墨水匣，所以好熟練整个換匣流程，回到家後，早就把盒子拆得稀爛，連墨水匣的護紙膠都撕下了！就這樣，貧窮又怕冷的我，又再次外出，買了另一个黑色墨水匣……

Many，你說，為什麼掃描機沒列印墨水就不給掃？

問問你自己，為何有自己的床卻不去睡，偏偏要和我擠？

快樂聖誕

本來我想讓這一篇的邊條輕輕走過，因為我實在受不了自己一直在說瑪優壞話了！雖然我相信如果你們是我，實質上不見得會比我更有包容心，可是批評別人真的也令自己痛苦，我不知道大家有沒有這種同感？

嫁娶一個有生育紀錄的人，在以後的社會只會越來越多，不會減少，所以我覺得我把一些內心話說一說也好，說不定對大家多少有幫助。

很多理智清明的人一定要說：你嫁（娶）對方時，應該早知道處境就是會這樣，如果不能接受當初就不該結婚，怎麼結婚了才來抱怨？我懂，那些話也是我會對別人說的。可是很多事想像和現實差很多，計畫和執行之間也差很多，你總要真正走過了，才知道實際的利害，就像父母們都會說：只有自己真正當了父母才知道。既然為人父母可以享受這種生前生後說法不一的優惠，別人為什麼不行？而且人生是要去實際過的，不是紙上談兵這麼簡單。

結婚8年多之後，我有一个感覺，那就是嫁給一个「有过去的男人」好似只得半个老公…

这次聖誕还不是还该换瑪优來美國？她們今年都没來过!!

怎麼还是我們要过去荷蘭？

她說明年來……好像小孩也不想出遊

拜託─明年又有明年的輪班好不好？難不成她明年願意來兩次？

不是我在小氣，大家也知道，我到欧洲还要辦簽證，而他們欧洲人來美國是自由出入的！況且当初的协議書有明定，孩子的爸月付多少，所以孩子的媽也是有義務一年該帶孩子來一次、父親去荷蘭探望時，孩子的媽該負擔多少百分比的旅費支出等。这些規章瑪优自己從來没守过，要錢〈撫育費〉倒是没忘过！

聽著，我才不在乎瑪優，我在乎的是我兩个兒子！

你太聲什麽？我又沒不准你去！我自己不去可以吧？

我也不是針對孩子，我確實就是不愛瑪優的自私，孩子不想來美國？我才不相信！是她自己不願來吧？

真的除了講那么一次表明自己不願去荷蘭的決定之外，其實我也没多叫嚷，是的，我結婚前確實也就有想过，这類問題的發生是必然，只是我没想过，老公会白目……

我們是夫妻耶，你不覺得夫妻这麼分開很奇怪？

你这是幹麻？逼老娘和你吵就对了？？

以致於，實際上我抱怨瑪優不只一次，因為大王有健忘症，老是忘記我是為何不想随他去荷蘭……然後，每次提醒他之後，他就会說：

你幹嘛一直說瑪優壞話呀？

小心眼……

我說她壞話！！？你給我立刻去娶她！！

你們一家去給我團圓！！

上個月我才和大王大吵了一架，原因是已經領過該月份扶養費的瑪優說她沒錢繳電視費，所以電視頻道被切斷了。大王馬上匯了一筆錢給她（金額遠遠超過電視費的所需），結果那個月我家不要說是電視費了，所有的帳單都沒錢繳！試問哪個太太會不生氣？

雖然結果是大王自己記錯了，他以為他自己該月份還沒有給瑪優扶養費，又沒意識到微軟剛好該月提早給薪水，他看到自己帳戶有很多餘錢（更加確定他應該是還沒給瑪優錢），所以錯誤地匯出了那筆含重複的扶養費的錢。可是瑪優是對數字清楚的荷蘭人，她不會不知道，一個月拿了兩次扶養費默不吭聲，就這樣默默收下了。事後我發現這種匯款錯誤年年都有發生，年年都有多給瑪優至少一個月的扶養費，但是她從來沒主動告知。

當然是我我也會裝做不知道吧，可是這也只證實了她對我（甚至大王）生活是否過得去，一點也不關心。這樣也可以也OK，只不過我們也不該關心她有沒有電視看。禮尚往來。

這類事件多到讓我對瑪優漸漸無心，是她讓我覺得一切多情是沒必要的。

所以，去年聖誕節我一个人过还覺得有点心酸，今年？簡直快樂得又得了！每餐都是台灣食物，看連續劇还看到天亮，西雅图今年又没下雪国擾我，我簡直是脱韁的馬～～連湯圓都吃了10顆！

← 今年有小筆电，还能躺在床上上網.

欧～～好多國外的太太还在討論过節不喜欢回夫家交際……(撞牆)

我好罪惡喔～～还自睡在床上呢～～

以前，我还蛮不喜欢別人抱怨的，但这次聖誕竟然覺得，「別人的抱怨都是我的安慰」!!!怎麼看我也覺得，不用伺候大王、不必去和國外家人交際、吃自己愛吃的食物、不用帶小孩，我實在幸福又快樂啊!!!難怪研究報告有說，一个女人離婚相当於損失了27萬元，而一個男人離婚卻相当於損失了330萬元！

糟！開始在想，以後聖誕没这种好日子过怎麼辦？

我一定要好好珍惜把握这一次的快樂時光!!!

來去煮麵線吧!……

希望我前面的抱怨，也能是你的幸福！祝，聖誕快樂!!!

人和人的相處是講感情的，大王不是一百分丈夫，但我自評我也不是一百分太太，大家這樣互相來互相去，有其道理和原因。更何況我和大王是有來有往，不像和瑪優只是單行道有去無回。

撇下怨念找出方法，我簡單地就是覺得以後對她敬而遠之，以後去旅行如果她硬要同行，我就不去了。小孩來西雅圖我歡迎，瑪優來別想住我家。去荷蘭看小孩的話，我就是看小孩而不看她。不接觸、不知道，我相信我就不會再說她壞話了。把自己的生活搞快樂最重要！至於聖誕節，那就還是讓給他們一家人吧，反正我也不是基督徒。

讚！

皮繃緊

逍遙的日子很快過完了，雖然我在獨守西雅圖的聖誕節假期还做了一件外套，但，还是一眨眼就要去机場接大王回家……

妳用我送的人皮做了外套？我要看！穿來机場接我！

ㄟ？要穿得那麼華麗嗎？

好吧……

我也曾提过，我是緊張大王，和人約都会心神不安，有強迫性「非要提早到不可」，雖然出發前我早就在西北航空網站查知，大王的班机因為有延誤、所以也会延後抵達時間，但，我还是不能控制地帶著湯湯（GPS）提早出門了！

既然这麼早，甘脆走地方道路好了，不要開高速公路……

設定湯湯……

←新外套，融合了宮廷風及未來感。

这天真是个好日子，陽光充足到甚至得戴上太陽眼鏡，而且，我從來沒見过湯湯如

嗯···，我好像有人格分裂，比如說我現在看到自己做的這外套，還有衣櫃裡一些自己買的衣服包包，我會突然覺得真是不可思議啊～這種衣服怎麼有人敢穿出去！彷彿那些衣服其實不是我的，而我在對衣服的主人的勇氣做出驚嘆。
但那些衣物明明是我的，我確實都曾穿過，而且穿的時候可是充滿自信自傲的呢！但是再回神，看它們掛在那裡，我還是又像外人一樣讚嘆起衣服主人的勇氣···

此西貉！竟然怕我太早到机場会無聊，突然人性化地支使我亂走！

200呎之後，**右轉**···

妳在亂説啥?! 地図明々是秀**左轉**!!!

＊ 人，真的是会和湯湯說話的！這並非是什麼神妙境界或世界末日的徵兆 ＊

如果大家以為，是我自己英文聽力不佳聽錯了，那接下來的，肯定不会有誤会！

200呎之後，請左轉···

妳阿嬤咧～!!! 湯々妳是被鬼附身喔? 明明竹々走妳还叫我左轉!!!!??????

各位，即使是湯々这麼拼命要我鬼打牆，我依然是準時到達机場了，而且很快地就在机場呆等了一小時……，等我回神時，我还發現自己在默唸一組不知名的暗号……

4K18····
4K18····
4K18····

嗯是?这是什麼東西? 我怎麼記了一个自己都不明白的明牌?

在此玄疑的同時，我也突然發現，很多人的眼睛已经盯著我的外套看了，似乎已经準備好，隨時就要衝过來問我 外套哪裡買！！！

老梁很忙、趕時間，不要來問我～

4K18…… 4K18……

看！我还要破解宇宙的暗号！忙死了！没空理妳們～

眼睛千萬不要和誰对上了！！！

2小時後—— 大王已抵達，但还在等著入境盤查！

4K18 原來是我 停車的位置！！ 4樓K區，18号停車格！！！！！

弓長妙如！你有必要 緊張小心到这种神秘的境界嗎？………

吸煙有害健康！

我在抽菸耶……
懂事基X会不会來西雅圖捉我吧？ →又是謹慎。

小姐，我回來了耶！

不要以為有新外套了妳就是女王！！！把我这ㄍ大王放在何叺⁉

先聲明，我有打警語了喔。

去年回台灣我發現一件超好笑的事，就是很多連續劇什麼的，如果劇中出現抽煙畫面，同時都會標上警語（↙像我示範的那樣），我這個「台灣營」看到都立刻笑倒在地，高喊：回不去了啊～～故鄉變了啊～～～！這樣。
那很多人也知道玫瑰X鈴眼是我的心頭好，中午吃完飯的時間經常有重播舊片，我難得回來，每天都沒錯過，有一天看到的劇情是：女主角假騙自己懷孕，結果男主角有一天不小心看到垃圾桶中有用過的衛生棉，此劇實在很妙，它把垃圾桶之內容物拍出來，然後在疑似衛生棉之處打了馬賽克！！我就此長江滔滔不絕地笑到出海口，太好笑了啊！故鄉！～～～我不認得的故鄉！···

不急不徐的開頭

好快，今年已经随便就又过了六天了！自覺並該不会很好運，所以我的新年新希望也只是很保守地希望自己健康就好……但，

不同於kindle，Nook是觸控式的，所以对於手指粗大的人而言，確實有觸控不準的問題！

從本篇開始的內容就是 2010 年的事了

新年一開始就吵架，其实我已经完全視為「又是正常的一年」的開端，好像过年總要爆竹一声除舊歲那樣嘛！哪一年若不吵了，才会太寂静了呢！

（但还是想抱怨一下Nook！因為没註冊帳号之前，这台机器唯一能讀的，只有説明書！）

所以跨年之後依然炮聲隆隆，我和大王儘管是放下了Nook的問題，戰爭還是沒打完……

Nook並非整個都是觸控的，只有在下方操控的介面是。但是現在它已經出了新機了，新的機型是怎樣我就不清楚了。

（實話說我被它的觸控操作搞得很煩，反而後來大王習慣了，我要找書都得靠他操作，因為我一直發脾氣。）

还有什麼更巧的,是我大姨妈还在这时来报到!!

真是訪客衆多的熱鬧開始!
吞藥吧——
(止痛藥啦)

本來,和別人約我一向也不会遲到,但因為有大王同時出動,在只剩30分的情況下还要淋浴,所以我們就遲到了——(当然湯湯也不負衆意地再次乱報路!)

这个过程当然还要再插上精緻的細節——我們本來要約的餐廳一月一日没營業,所以臨時又換了一家餐廳!如果要説有什麼是順我毛的,那也只是大王对我的朋友没有擺臭臉,而且似乎还蠻喜欢他們的!

对了,妳call一下 Clement 和 Tim 吧?問他們要不要去參觀微軟?

聽説这樣是在做仰臥起坐減肚子,而,只有聰明的人,才看得到动作。

你有没有搞錯呀?現在才在問!!!人家早已回到德州了好不好!!!
你还真是个急不徐的人!

就这樣,我的新年新希望还是 健康——希望別被大王氣出病來。

← 這個人會開始和自己的肚子掙扎,無非是受到刺激。不過也好笑,在意身材不是該在見面之前嗎?面都見了才在掙扎,這是什麼道理…

不虞匱乏

雖然，有很多的父母都認為，給孩子一個最佳的起跑點是父母至少該做的，所以，將來子孩子去衝刺時，選擇不但更多，勝算也就該更大，而不是礙於命運、沒得選擇。

可是，我的個人經驗卻不是這樣的，我經常覺得我的創造力和生產力都來自於匱乏！

我的馬靴……

我的馬靴，曾幾何時拉鍊已經拉不上來了！！！

卡住，蘿蔔可以收成了……

不要叫給我聽，我是不會買新馬靴給你的

你鞋子根本就太多了！！！

我確實是还有一双較粗筒的雪靴，不过当時失心瘋地買了帆布色（就米白色），而如今要配黑外套，怎麼看就怎麼怪，所以人家才会說：女人永遠少一双鞋子。

是妳自己說的吧?!

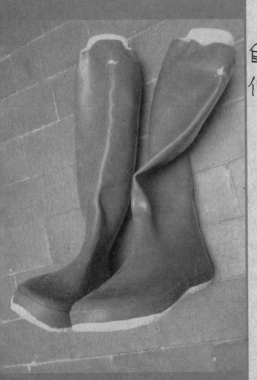

後來又有錢之後，又買了這雙雨鞋了，因為它軟管好摺好攜帶，真是智慧型雨鞋我覺得。

Amaort－如果沒記錯，應該是日本品牌。

自知沒有選擇，我还是逛了網站瞎过癮，結果不但覺得自己少一双黑馬靴，同時也还少一双雨鞋…

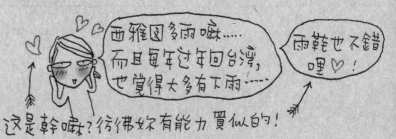

西雅图多雨嘛……
而且每年过年回台灣，也覺得大多有下雨……

雨鞋也不錯哩♡！

这是幹嘛？彷彿妳有能力買似的！

再次地檢查了一下自己的存款，又大大地嘆了口氣，正当要把♡♡都收起來封箱時，我突然想到一樣東西—— SPATS！（連中文都不知其名，我竟然知道英文！可見慾念力是多麼無遠弗屆）

← 就是這東西, SPAT 或
gaiter(s)

套在隨便一双鞋子上, 它看起來就像靴子了！

我記得好久以前, 有ケ家貧的孩子因為買不起机器人, 所以開始自己用紙箱、紙板做, 後來因為做得太優了, 还上了新聞！可見慾念是多麼厲害的動力！我自己馬上也架起縫級机, 開始縫製 SPATS！

反正我会縫嘛！那就不一定要呆板地做黑色了！

咦？好當初不是因為要有黑靴子!?

這就是成品——

這兩雙 Spats 我犯了一個錯誤，我以為因為做得算窄 (合腿)，它們會牢牢地抓住我的腿才是，結果不然，一邊走路它們居然會一變自轉，走到後來會這樣歪掉：

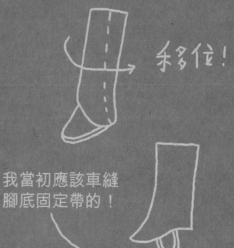

移位！

我當初應該車縫腳底固定帶的！

还有。我好像是有説想要雨靴是吧？沒問題！至少我可以做一个防雨淋的 SPATS！

亮面
合成皮

这个肖伯……

西雅圖我有一個從未見過面卻惠我良多的朋友 ANDY，每次我寫了什麼驚人白癡的事蹟，他總會默默出現來提供我有用的訊息。

比如說 IKEA，我和大王一直以為要去餐廳，一定要走過一半的商品區之後才能抵達，可是事實不然！ANDY 說入口處右邊是小孩子的遊戲區（類似托兒吧），但是往右邊經過兒童區之後，有條走道直抵餐廳和食品部！（打雷！我們從來沒去托過兒，結果就完全不知道這條秘密通道！）

說它是秘密通道也不公平，因為後來發現好像是有標示牌的，只是我們從來沒看到！

謝謝 ANDY！因為有了你，我和大王從此去 IKEA 都沒再吵過架了。

增勇

基於，我快要回台灣了，有人這麼說——

女尔快回去了，走之前，我們去一趟尚 ikea 吧？

我也要儲糧！我去歐洲的時候，女尔都有去大華超市儲糧……

I·K·E·A?!!（地獄的別稱）

对阿，西雅圖那間挪威商店關門之後，我只剩下 ikea 的食品部可以依賴了……

不祥雲

◎註：
大王直到过年前，才会來台灣和我会回。

在我的生命中，有幾個地方是極不願和大王同台的，第一名就是 IKEA！它，就像个拳擊台一樣，一旦双方登場，接下來的規則也只有火拼而已……

我就是不懂，IKEA為何不把食品區和餐廳另外規劃？把它們擺在血拼區的中央做什麼？

正常人逛街逛累了，就要找个地方做中場休息，擺在中間再合理不過……

是說，我也多希望餐廳和食品區能設在一進門之處！！！

太歲是不是要天天安？

是的，每回大王若是去歐洲我沒相隨時，我們總是会去大華超市準備我接下來的好日子，而且由於大王会愧疚諒我一个人在西雅圖，所以他陪我去大華時，也後來沒發过脾氣。大華，有著我俩的美好記憶！

但IKEA，是个生死未卜的地方，要求安無事不是拜拜就可以了，要入佛門！

菩提本無樹，
明鏡亦非台，
原來無一物，
何處惹塵埃

要到這樣的境界，我才能有足夠的堅強！

有時候我覺得懶也是有好處的。比如說，大華因爲離我家有段路（但也不能說遠），所以沒事我很懶得去那裡買菜，一年最多去兩三次而已。台灣今年大爆塑化劑問題，可以說，因爲我在海外懶得去大華，至少比別人少吃了十年的塑化毒吧。

後來從新聞中讀到，義美食品是兩波食品安全問題（另一次是三聚氰氨）都證實沒受到污染的好品牌，我立刻特地殺到大華去支持他們的產品！看到海外同胞有志一同，甚至大華自己都是這樣：義美出現專櫃了呢！（不是真的專櫃，而是架上義美產品浩浩蕩蕩地佔了一大區）

不過聽說義美後來在台灣居然被刁難！那真是世界上最毒最黑心的請益與「表揚」，還不如完全不要有。

任何事都有原因的，我相信我媽当初在給我取名字時，一定是受到了整个宇宙的暗示……

这孩子就叫妙如吧！不但出家也不用改名，要演偶像劇也可直接用！簡直是進可攻，退可守！

出世入俗兩相宜！

这是捲髮，不是香腸。

（「第二回合我愛你」的編劇，請問你是不是認識我？……）

聽說，最近台灣知名的兩大布落格作家都有大新聞，一位被發了離婚協議書，一位更上了手術抬（抽脂），我覺得兩件事都好勵志！張妙如你就別娘了！比起这些，去IKEA究竟算什麼？！而且你还有著媽媽給的期許和祝福!!! 不是嗎？

← 這兩個新聞都是作家自己在他們的部落格寫出來的，並不是我去挖的，更提不上是我爆料的。

好～～～ IKEA盃，我來了!!!

誰說贏了有獎盃的？我為何從來沒收到过？

電 視 餐

因為在美國住久了，我現在吃電視餐已經沒啥感覺了，但想當初，我真的一個小小電視餐都吃不完——也太難吃了啊！！！大概全台灣最沒天份的料理人煮的東西都不會比這更難吃。

然後我還記得，我們這一區有一個小吃聚集地，因為生意好人氣旺，所以不好吃的餐飲幾乎隔年就會被汰換掉，裡面有一家越南菜歷久不衰，不但從沒被換掉過，還經常都得排隊買。有一天大王從那家越南餐廳買了一個雞腿便當給我，我居然吃了兩口就不吃了！——現在想來我當時實在太嬌貴了啊！我現在還常常去那家排隊買飯呢！而且每次去吃都會吃得精光，它可以說是我心中「美國最好吃的一家店」，可是誰能想像當年我對它多麼不敬。

像台灣的便利商店会賣微波便当一樣，其实，美國也有類似的東西，只不过，它並不在超商賣，它在普及度似乎更高的超市賣。而雖然它普遍的名稱叫 TV Dinner（顧名思義，叼吃叼看电視用），但是，我不相信它只能晚餐吃……

美國不是号稱浪費食物？為什么这个餐這么小？

美國胖子不是很多!?
我不相信**晚餐**他們吃这么少!!!

← 馬鈴薯泥

← 2塊雞肉

几片胡蘿蔔!!

拜託——!!! 請你美帝也照世人批評来演好不好?! 这种小鳥尺寸餵我都不夠!!

太心酸了!! ……

註：**晚餐**理应是西方人一天中最豐盛的一餐，吃得最好.最多的一餐。

而且看來我的懷疑並非只是個人神經質，確實就有一家 TV Dinner 強調特大号，而且，它們还取了个豪氣的名字，叫 Hungry-Man（飢餓人），这应該是目前在美國能找到的最大号的「便当」！

有件小事在我內心懷疑很久了，不過因為真的是小事，我從來也沒想過要提出來問別人。

什麼事呢？那就是我覺得「台灣味」在美國吃，味道微微變了。

舉例來說，我就覺得科學麵在台灣吃還蠻好吃的，可是我自己在美國買台灣來的科學麵，同樣長相、同樣配方、完完全全是同一家公司生產的，吃起來就是覺得沒那麼好吃。好吧你說我神經過敏，或說說不定美國賣的科學麵搞不好在美國生產，但，我也吃過朋友從台灣寄到國外來的同樣東西啊，怎樣就是覺得少一味，就是不那麼一模一樣了・・・

寫到此為止的重點是，每回，我只要有事無法煮晚餐，而用微波餐代替時，那一晚大家都會餓到睡不著！

味一味一味一

洋芋片

我的寃屈終於得以洗刷!! 半夜吃薯片是有原因的!!! ……

人生怎麼這麼苦？又要力抗飢餓，又要忍受噪音……

我聽我一个單身獨居的美國朋友説，她確実経常以 TV Dinner 解決晚餐！但，我怎樣也不明白的是，她為何沒有比較瘦？這是我永遠不解的謎！

放心地回台灣吧！

下次我們在台灣相見時，我已經会是个瘦子了！

不要認錯人喔……

難道問題是出在不能配電視吃？

看起來好像和台灣的便當也差不多大？但其實這容器很薄，就像你去便當店買的真便當一定比在小七買的微波便當厚實！
以前在台灣時，7-11的便當也沒能填飽我的胃啊，除非是我在減肥，我才會覺得那個份量可接受。我沒有在減肥時，我的三餐都寄望正餐要吃到飽，不想花時間去貪吃零食或點心（所以我一直自認為自己並不貪吃，對食物真的沒有特別愛好），那薄型的冷凍便當就完全不能滿足我對一餐的寄望。

辦 護照

台灣聽說今年起推動護照親辦，如今我見多識廣，再回頭來看過去，反而覺得台灣以前也真是太大膽，居然人人都讓旅行社代辦護照（而且有時候拿到護照還會發現，護照持有人的簽名還都被代簽好了，而那字跡和自己的一點都不像！），其實我目前看過的國家的人民，沒有人的護照不是自己去辦的，只有台灣過去是這麼奇怪。而且，大概也台灣人的護照照片都那麼美。

聽說台灣要開始用晶片護照了，這次很恰巧，我的護照剛好在今年過期，所以可以順便換…

問題是，護照怎麼換？

要準備些什麼？去哪兒辦？

→ 以前都是旅行社代辦，從沒自己跑過。

但總之，新的大頭照是絕對要的嘛！所以，我先去拍了大頭照！

微笑── 下巴稍微高一些……

老闆，隨便拍、拍快點比較重要！

反正我每次簽名會之後都會公然增加許多醜照，大頭照沒在怕的！

更何況，在美國那种不修照片的地方住了那麼久，我早就習慣那种「自然美」了！

所以，拿到大頭照之後，我还狠狠 嚇了一跳！

如此这般

这太差了啦
这根本不是
我——
我又要被海關
懷疑了！！！

現在要拿这字遠才看得到！

上網查了地址之後，我很快來到⁺外交部，一進去也抽了号碼牌，稍晚还要去跑銀行、去鎮公所，時間很宝貴不能浪費！

好不容易終於輪到我了，——

小姐，你要填寫申請
書啊！去那回櫃
抬拿，寫完再抽号碼牌！

什麼!?
怎麼不早說呢?!

以為我很閒嗎?

兩个人臉比臭的！
都沒給对方好臉色。

官僚！！！

填好申請書後，再次回來等召喚，不是冤家不聚頭，这次依然是同一位臭臉小姐……

這樣說大概大家會覺得很豪洨，可是如果你和我一樣那麼常遇入境刁難，你真的會期待護照照片越像你越好，最好臉上的痘疤都照得清清楚楚，以利通關的核對，不被絲毫懷疑。

← 吾人覺得當時的辦護照程序沒有對民眾告示清楚，希望現在已經改善。因為親辦護照其實不會很麻煩，和去銀行辦事差不多。

但这次——

ㄟ？請問一下，妳是寫交換日記那ㄍ作者嗎？

ㄟ？我……我是——♡！！

演變臉的2ㄍ人 → 這世間，沒有永遠的敵人！！！

雖然不常我並不会很高兴被認出來，但，凡是这种公家机關麻煩的所在，我会很欣然樂意接受這种指認，以求事情快速处理了結！其實这位小姐也沒有因為我是×××就做了什麼特別怎麼樣的事，只是態度親切一派和諧，我自然就覺得一切好順遂！……

稍晚在鎮公所 → 辦停健保。（我以後不会在台看病了，請放心）

就告訴妳了，不管妳一年回台幾天，回台就是要來辦停保！夫見完就是这樣！！！就算只待一天也一樣！

我还沒問完耶！！

後面那位先生，你要辦什麼？

你知不知道我是誰？！

誰管你是誰呀？！而且，你以為你是誰呀？

結果啊，我拿到新護照差點沒昏倒——我的新護照號碼太多四了啊！

我不太清楚如果遇到人民不喜歡護照的號碼，是否能重新再申請一次？當時真的有想過再重新申請的，可是一來我在台停留的時間不夠我這樣挑剔，二來，還好四雖很多卻沒有在尾數（在尾數我會比較介意，可能當場就拒收），所以就忍痛拿著新護照離開了···

但之後每次出國打開自己的護照，一看到那號碼還是次次都嚇一跳，好像見鬼了似的。

簽書会。

這樣巨大的一面牆有嚇到我···

才剛回到台灣，同一天下午，我立刻就去早已預定好的簽書会！雖然我也沒看見其他作者的活動是怎樣的狀況，但，就光比自己從前的經驗，我依然再次感动而且是謙卑地自縮了！

我不配啊!!!⋯⋯

我根本就不算什麼東西，怎能擁有这个多愛戴啊?⋯

我要怎樣才能还完这些恩情?

也許，有人会以為，人一旦有了个舞台就会忘記自己是誰，自大自滿了起來，可是我卻常觉得是相反的！平日的我可是个自信自我滿的一人世界哪！一站上舞台，反而会覺得（了悟）自己並不是什麼特別的人；一旦身旁多出許多人，我反而更更感覺世界之大而我是渺小的，沒有人有任何義務要愛我.对我好，但，現在有了这麼多人对我付出善意和愛，我怎能不謙卑？所以，就反而緊張.不知所措起來！

排隊隊伍！真讓我感動！

邊簽邊和讀友們合影。
謝謝大家這麼好 ♥♥

這位攝影師就是我的編輯，不知道他知不知道我常去偷看他的文章，他自己就蠻會寫的，常搞得我哈哈大笑或很感傷。我很喜歡聽他說故事，就算是微整形那種題材，我都能看見他眼睛閃光！我很欣賞他那種對生活的積極與充實，而且，蠻容易自嗨的。讓人很想加入他的生活圈。

所以每次落幕之後，我有的感受，並不是失去舞台的孤寂失落，而是更決心成為好人的開始！

皮皮剉

無緣無故受了這麼多恩惠，不當好人，我對不起神！！！

就說這次第二場的誠品書店座談會吧，本來事前我和個人意見、編輯繆先生在咖啡廳都已經事先說好，座談會會怎麼開始，會談些什麼——這就是口頭上大概安排一下。結果，座談會開始後，儘管我也是緊張依舊，卻有某個神經正常了起來，突然覺得面對這些真誠的讀友們，我不該照本宣科說那些前一場（昨日）已經說過的！所以硬是自己跳出劇本說了一些不一樣、我現在也不記得了的話（因為實在是太緊張了），還有，所謂不一樣完全不代表是更好——並沒有！只有更糟！（是嫌不夠緊張刺激啊？）

我要殺了妳！○○○○
自己搞出這一招！我要怎麼收拾！！

編輯

死了！！我好像把大家推向絕路！！！

個人意見

我們快逃去看阿凡達吧…

也不僅僅是出外靠朋友，在家，我也是很惶恐的！
坦白說，我並不希望我媽看到我的小說創作！
因為，儘管交換日記、西雅圖妙記才是真（真實
的生活記載），我反而覺得真就沒啥好怕的，
但，假的、虛構的小說反而很恐怖！好像是，
會讓人看到內心世界的樣子……

我向很在意媽的評價，但其實我又很駝
鳥，不管好壞，我實在不願，也不太想聽她的
讀後心得，因為，有其女必有其母，我媽喜愛說
殘酷的實話的習慣，是在我之上的！

每晚讀2頁就昏睡死，(放大鏡還留在臉上！)
果然是我媽……

這是第二場的座談會，遠方
的三個人，最右邊的是「個
人意見」，很感謝他那一次
的大力相助！

然後從我收到的照片可見，我
的編輯真是衰，不太會說話的
主講牽累得他得挑起大任（遠
方站著說話拿麥克風那位）…
其實我真的是嚇傻了，雖然也
不是沒見過大場面，但我真的
永遠不能習慣自己有資格怎樣
，一切都是讀友們實在對我太
照顧了！沒有別的。謝謝你們
的偏愛！

台灣 冷吱吱

我剛回到台灣時，真的還蠻暖的，大王一來就遇上寒流。不過還好給他遇上了！不然他永遠不會相信台灣可以多冷。

大王來台之前，詢問过我天氣，当時，有点被熱瘋了的我和他说——

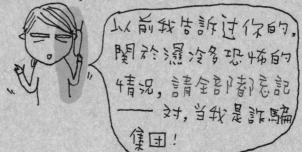

以前我告訴过你的，關於濕冷多恐怖的情況，請全部都忘記——对，当我是詐騙集团！

你全部帶短袖的就好！

就算大王完全忽略我的話好了，他自己看台湾的天氣預報也是覚得，十四、五度簡直是挪威的夏天！所以，他真的都帶短丅來台……

拜託，挪威真的更冷好不好！只是我們至少回到家有暖氣，不像台灣人連回到家也還是冷的，如此 24 小時地連續凍，當然是會受不了‧‧‧

台北好冷喔～～我不想出門～～

棉被

⊙ 自大王來台後，几乎每天冷雨下不停，而且氣温也下降了不少。

原來，台灣真的有冬天！!!!!

相对於我習慣於台北的濕冷，这些年來又在欧美受过低温特訓，回台後我的手竟然也不是太冰山美人——

我昨晚完全沒睡好，好像是泡冰水泡裡喔

你的手竟然比我冰!!!你是不是快生病了!?!!

这真的是很大的震撼!大王從來没有任何時候手会比我冰的!!

然後，隔天他蓋了二件棉被，我媽还給他暖暖包，他这才有辦法溫暖地入睡！

哈哈哈

哈哈哈

棉被

揶威人耶!!!妳不相信嗎?!

竟有这种事……

我好可憐耶……

成為我家茶餘飯後的笑柄。

有一天我和大王去我自家附近吃早餐（不是娘家），我在點菜時，大王就看到有個女生一直在揮手，並不是恐怖片，而是住我家附近的讀友居然就這樣巧遇！實話說我台灣的住所算是偏僻，在那樣的小地方還能遇上讀友，不可謂不驚人！

雖然事後我有說那是讀友，不過大王也有可能覺得我騙他（說不定那是認識的鄰居而已）。真正讓他不敢造次的，應該是包含機場那一次。

我們一起回美時，我忘了是什麼事件他在機場給我耍小脾氣，結果我們去check-in時又被航空公司的小姐給認出來，大王立刻收起脾氣，乖乖等在一旁。這時他終於體悟自己在台灣不能亂來，不能以為離開我家人的視線後，就能立刻回到王位囂張⋯⋯

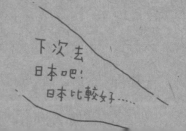

下次去日本吧!日本比較好⋯⋯

從前的我，一直有「冬天穿襪子睡覺」的習慣，还為了这件小事和大王爭執了好幾年！大王親自經歷过这一冷之後，態度有了180度大轉變！

什麼!?
你們竟然沒有室內的毛靴!?
这樣怎麼活下去?

這双是我弟的珍藏，不要找倒!

（註：我弟從飯店拿回的紙脫鞋!）

你不是有襪子了？襪子就夠了啊!

我找到了一双毛靴了!!

女孩子用的室內可愛动物毛毛靴，应該是我媽不知哪裡撿回的?

不要以為大王唾棄这些！他还真的是努力地想把他的腳塞進那双毛靴！又可惜，腳卻太大，所以只好屈就於我弟的室內紙脫鞋！

我沒感冒實在是奇蹟!!

↑ 暖炮.

台湾，我以後再也不敢小看你了!

冷吱吱啊!!

我一直沒逼大王要學用筷子，因為我覺得不會用也還好啦，我也不喜歡人家逼我學英文（坦白說，我真的覺得外語很麻煩，如果不要考慮什麼文化不文化，最好全世界一開始就都學同一個語言）。

大王自己以前也覺得不會用筷子沒差，偶爾他會有點不好意思自己不會用筷子，可是從來沒有真的覺得筷子怎樣。今年他倒是第一次自己說，他覺得筷子好方便啊（雖然他還是不會用），他說如果會用，筷子真是比刀叉方便，例如盤裡的一小根麵條，雙手刀叉並用都還是拿不太起來，可是筷子再小的東西也能夾起。他真的是如此認真感嘆著。

我們 這一家

一直說我姊愛面子，我姊其實很想殺我吧？

可是我不得不說我的感言——去飯店吃年夜飯，除非你是一大家子一起去，不然姊，妳知道嗎？旁邊坐著另一桌大家庭，相對點了更澎派的菜，我們只有四個人一小桌，對照起來多孤單啊！這是妳沒有看見的。（沒有怪妳就是，因爲我們自己也沒料到會那樣。）

家裡有個愛面子的姊々，其實也是很好的事！舉例來說，完全懶散只求方便的我，為了要偷到懶，是連面子都完全踩在腳下（還要轉輾几圈）的。

年夜飯？在家裡吃一吃就好了啊！不要那麼麻煩了！頂多給阿列得煮个馬鈴薯不就很豐盛了？

不要吧？！我來幫你們訂飯店的年夜飯！！！

这个姊々，明々也沒有要和我們一起吃年夜飯（她嫁人了嘛），就為了不想沒面子，飯店的年夜飯都是她去找、去連絡的！

我姊是我自己關渡家的鄰居，她过年会隨姊夫回花蓮，所以我大膽向她要求——

因為她快搬家，所以現住的房子都沒整理，不想讓大王看到！

就是因為她这样，懶惰又狡滑的我，也很快捉住她的弱点，讓她忙得不得了！

終於我姊回台北才有一家子大桌的場面（她家人口比較多）。

還有我要說一下，我弟那個鐵公雞，居然有請我和大王好幾次！（這點我八成得銘記在心，因為這實在像違背大自然的規則那樣的神蹟。）

Wedel's

当然，她事後还幫我打电話去餐廳問資料！果然大王來之後，我和他好几餐都泡在那裡！

可是，事實上這次由於吃的餐廳不是西式就是bu-ffet，反而讓大王覺得台灣的東西好好吃！

我比較佩服我姊的地方是，她對語音辨認進入狀態的神速。我們九年國民義務教育一直都在同校，也共用過很多老師，我是那種只要老師說話帶濃重的外省口音，我就完全聽不懂了，但我姊從來沒有這種困擾，她也不解我怎麼會聽不出來人家在說什麼。

上一次她和大王相聚是她來西雅圖之時，當時大王說的很多話她都沒聽懂，不過，也僅僅是那一次。這回大王來，我發現我姊完全已經進入狀況，雖說這兩次之間她明明也沒機會練習，可是這一次她就已經完全可聽懂大王說的挪威口音英文！不愧是我家最聰明的人。

王 的 宅旅

我一直以為青花瓷是中國的
東西，結果後來一查，真的
有疑慮，很多中國人當然是
堅持青花瓷起源於中國，多
早多早以前就有了，不過也
確實有一說，說它是從國外
學來或傳來的。
現在我已經不堅持青花瓷是
中國創始。

因為除夕之前我姊已經回東台灣的夫家了，
這意味著，我們家最愛面子、因此也就最
會排行程的人不在了，一夕間，大家也就
不知該如何了……

妙母

那就去故宮
好了……

好吧……

依照陸客的
規格來說……

那种地方应该不
多有趣，不过，來台
灣沒去过故宮像話
嗎？

也是得給同事一个交代……
（想得深遠一点的話）

原本以為故宮应该
走馬看花一下，然後就
去喝个下午茶什麼的，
結果意外地，大王看
得超仔細！不但每
樣都去看一看，还堅持 全館各角落都要走透～

早已在門
口等著的
不耐火夏
母女。

这种青花瓷的图樣，
說起來也很像荷蘭的風格……

也許是大王在故宮花了太多時間了，讓人覺得他彷彿很愛陶瓷似的，隔天就給我媽一个好点子——去鶯歌！

人？

可是我沒有很想去耶，今天好冷又下雨——

这時已经被台灣天氣冷到

但是我想去！！我帶去美國，現在缺角的陶瓷盒就是在鶯歌買的！！

平常我媽当然是屬於大眾交通公具的愛用者，但是為了大王，也不好意思委屈他在那裡跟我們等車換車什麼的，所以这次就出動了我弟開車一起去（說實在的，也不知我弟買車是為了什麼？平常為了省油錢他也很少在開），所以一行四个人就这樣去了鶯歌：

逆向！！加油站

这种開法

我們都想小便，你去不去？

可以像这樣停在这裡嗎！

在大王眼中看來似乎有頻尿症的我們一家人，在聽說大王不尿之後，就把

我現在才想起來！故宮，當然是有空調的（暖氣）。所以說不定大王在那裡慢慢逛、慢慢耗就是因爲不想離開有暖氣的地方？而不是他對中國文物多有興趣‧‧‧

原來是醬～

去故宮対他來說，簡直像回到了家啊……

他一个人留在違規停車的車上！我心中多少有擔心，萬一警察來了，也只能找到一个語言不通的食盂果人在車上不知所以……，不過事後我聽說，在我們大家去上廁所時，大王原來趁机把暖氣開到最強，享受了一下！

我看到他走回來，立刻就關了……

不要告訴你弟喔……

他可能会心痛……

鶯歌，該怎麼說？对我而言它變了，和我上一次去(好几年前)很不一樣了，現在整个看起來就是很觀光感，所以其實我有一点失望，不過，第一次來此地的大王卻是覺得很有意思，如果不是天冷又下雨掃人興的話……

你老公是不是也很節儉？

好感

應該是啦……

好感

並沒有，你不知道這個人結果偷偷用了你的暖氣。

原來，我家人是看到了大王身上那件補过了的牛仔外套(当然是我補的)，雖然我是覺得那和節儉無閞，純粹是大王不重視衣著的結果，不過，我还是很高兴我家人漸漸喜欢他囉……

在鶯歌，我媽，我，大王。
我弟拍照所以沒入鏡。

吸煙有害健康！
（趕快標出警語）

小黃 老師

根據 wikipedia 來說，台灣人口約 2430萬人，面積三萬五千980平方公里；挪威人口約 450萬人，面積三十八萬五千252平方公里。人口密度台灣是 668/km²，挪威是 12.5/km² —— 這樣，我們不難想像，当我們在台灣只能像飛机的經濟艙那樣大家擠在一起時，挪威人則幾乎可以六人搭一整台飛机！

後來有住在美國的朋友和我討論，好像美國也不見得有排隊，但！多數會禮讓。也就是不搶、不爭先，不見得有個排隊的隊伍在那裡，但禮讓自然形成一種良好的秩序。

仔細想想確實是這樣沒錯。除非大家是真的有排隊在搶買 iphone 什麼的，那自然不會出現禮讓，要不然我這個經常在美國吃 buffet 的人，確實很少感覺到莫名其妙的插隊或搶先前行。

Buffet時

台灣人為什麽都不排隊？我搶不到食物啊……

← 空 滿 →

那有不排隊？捷運有排啊！！！ 你也看到了！

雖是這樣說，但其實我心裡的警鈴已經大作了，必須很心虛地承認，為什麽在別的地方，台灣人不像搭捷運那樣有秩序地排隊？……

当你們挪威人是12.5人过一道門時， 优雅啊~

我們的台灣可是668人要擠一个門呢！ 当然会醜

在這裡，你就是要求生啊！！！ ……

這真是勹兩難啊！一方面，我又承認我們似乎是可以排隊有秩序的，可是另一方面，我又很想為台灣辯白，總是有些環境因素還是什麼的，我們無法全然照抄國外的模式！还是，这又是藉口？

大王嬌貴優雅，我也不太敢常要求他搭乘公共交通工具，所以在台期間，他也搭了無數次小黃……

这些小点是机車。

这排車者隐在等左轉的。

喂一我的天!!!这樣轉實在太豪氣了!!!

如果在國外这樣插隊左轉，不被別的駕使人叫死才怪！但在台灣，搶不到的人幾乎只会怪自己技不如人！搶过之後，只要沒有堵住路，大家都会容許他……

台灣運轉實在太会開車了啊!!!

搶霸旲啦～
（100分）

如果說台灣人開車是很靈活亂竄，在美國可能就是完全相反（紐約等少數大城市除外吧）。

美國人開車實在有點悠哉過度，好像大家都有全世界的時間在那裡慢慢耗，快車道的用途在這個國家不太具意義，每個車道都有人在悠哉行車，因此平均行車速度並不快，想趕路的人要自己想辦法一直換車道超車。

在歐洲，起碼慢車都有自覺，不會無緣無故去佔用快車道，所以快車道真的有它之所以名為快車道的意義，而且非常明顯而清楚！在美國，多數的快車道真的只是「眾車道之一」而已，超慢車也敢大方開上去。

体驗过了數台小黄，再加上我老弟也不是省油的燈（雖然他愛省油），大王突然了悟了，这就是台灣生存之道……

好說的没錯，台灣人不須要排隊！實在太有效率了!!! 太隨机应變了呵!!!

人要靈活!!

我沒有看过哪个國家不排隊还能这麼快!!!

尾聲—这雖然是個美好的結局，但，請容許我最後提醒一下台灣人好嗎？我或可告訴大王入境隨俗，不过我也希望台灣人到了別的國家也要隨俗，很多次了，在國外吃buffet，不排隊取食的人真的就是亞洲人（除日本人之外）！所謂排隊，並不是只有等公車、等結帳而已，像buffet这种場所雖没画格画線，也是有秩序的好嗎！

不要这樣開車!!!

我要學台灣風格!!

快.狠.準!!

不知道華人是不是真的很愛賭？我們在國外常常看到華人充斥賭場 (casino)，也因此很多 casino 裡面的 buffet餐廳一定會有中國菜區域。那不是重點，我要說的是有一次去了一家 casino 的 buffet，其中有一個起司蛋糕區，除了擺滿起司蛋糕之外，還灑上一堆藍莓。大王吃到要吃甜點時，就想去拿一片起司蛋糕和一些藍莓，結果他前面的一個亞洲臉孔的太太，手上拿了一個甜點盤也沒取蛋糕，竟然在那裡慢慢地把所有的藍莓都挑走了！大王氣到差點摔盤子，如果不是看到她帶著一個小兒子，大概真的是無法容忍（可是有小孩，他就會算了）。

我的第一個趣遊碗是自己在網路上買的，然後送到我娘家，我媽再從台灣寄來給我這樣。

收到碗那一天，我真的是被我媽青菜的包裝法嚇死了，碗沒破損地抵達我手中，我只能說是我媽洪福齊天！她居然也沒給我裹上泡棉什麼的，就用隨便一個紙袋拆開來當包裝紙，這樣裹一裹就寄出了！後來我打電話和她說我收到了，當然忍不住控訴了她的大意包裝法，她居然還回我『本來那樣就不會破，是你自己憂心太多』，是這樣嗎？才不是吧！有一次我從美國寄了一個玻璃燈罩（不大）給台灣的朋友，那個燈罩是全新的，外面還有依其形而做、完全合身的保利龍盒子，結果那樣再封箱寄到台灣，聽說收到時已經是碎片了。從那一次起，我從來不敢輕忽玻璃陶瓷等易碎物！可是我媽此後寄給我任何東西，還是那樣我行我素，但我必須說，為什麼她寄給我的東西就從來沒摔破過？

吉祥快樂

每年過完年回到西雅圖，我都會有年後憂鬱症，雖然會一再告訴自己，古代那些被迫去它國和番的好漢更慘！我們現代至少飛机已經飛得和任意門差不多快了，沒有必要苦情！然而，我還是會藉著亂買來發洩一番！

以下是今年的吉祥快樂物：

① 皮製的紙袋 ——— 這長得像紙袋的袋子，是皮做的。雖然我很喜欢，但沒想到收到成品後，發現它竟然多了一个扣環！

www.not on the high street.com

是為了怕東西掉出來吧？

結果害老梁無故得再DIY，把那个扣環拆了！

② 趣遊碗 ——— 把台灣一些地方畫進碗裡！目前已出品的有關西（限量）、新港、三峽、921紀念碗（本碗之銷售所得全數捐為助學基金）、以及3/29首賣的猛剛。

www.tripviewbowl.com

③re-ment —— 就是迷你食物玩具，但不是給小朋友玩一玩吃下去的！

坦白說，我会買这个还真是意外，我原本沒計劃要買的，卻不小心被噗友迷惑了！

〈各大網拍找得到〉

④鯛魚燒耳机線管理器 —— 我無法解釋，

〈樂天市場〉

立誌要用豆沙色的才配！⋯⋯

我買这个做什麼：除了說，我一直很喜欢吃紅豆餡⋯⋯
買这个不是問題，問題是出在，買了之後，我覺得我的耳机

是誰推薦 re-ment 給我的？給我站出來一起玩家家酒！其實這些東西真的是可愛死了，但是毫無路用啊！！！搞得我現在不知該拿它們怎麼辦⋯⋯

天殺的我要去哪兒找豆沙色的耳机？

我是不是有病⋯⋯

而且我本來的耳机是大王送我的，品質非常优，是 SHURE 的，但它当然只是黑色的！
本來，我都要放棄了，勉強自己接受世界上也

是有包黑芝蔴餡的鯛魚燒……(有嗎?),但,如果我有什么與生俱来的天才的話,那絕对是一双敗家的手!

你們能相信嗎?V-moda竟有做豆沙紅的耳机……
與其說是高興,不如說是大受打擊!連这种顏色的耳机也被我輕易找到了……

过年的時候,大王慷慨地給我888美元的紅包,如今也花了一半了,但剩下的那一半也早預定好了,要買一台新的數位相机!……

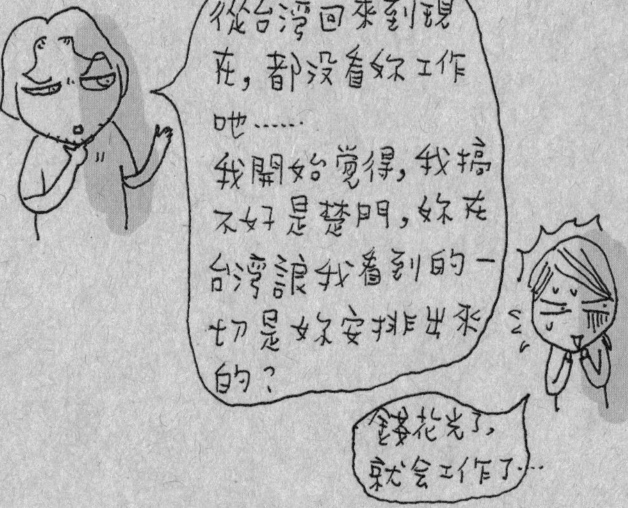
從台灣回來到現在,都沒看妳工作吔……
我開始覺得,我搞不好是楚門,妳在台灣讓我看到的一切是妳安排出來的?
錢花光了,就会工作了…

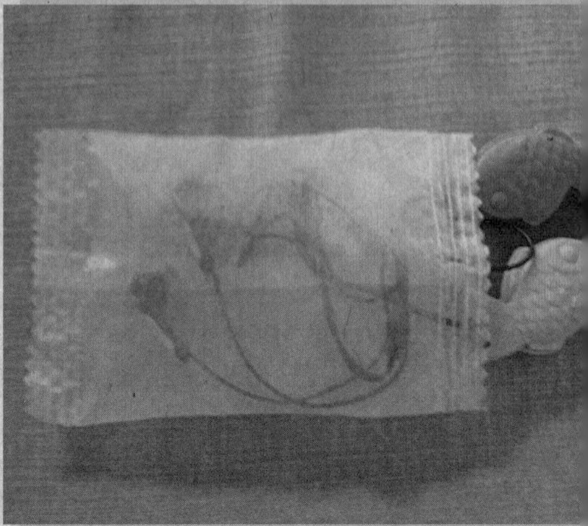

我這個人真是噁心死了,居然還給它車縫一個假餅乾套・・・

車庫門卡死，無法再完好關閉期間，果然出現小動物遷入的痕跡。

破壞 之 王

後來修車庫門的技工來，還給我們看他手上一長條驚人的疤痕呢！他就是有一次幫人修車庫門時，太輕忽這種門的威力，這種門的兩端其實是靠鋼索吊著上下捲來開關門的，你一旦把門框從鋼索移開，鋼索失去扣住木捲門之龐大的重量時，會自己咻咻咻地往上捲，除非你能用和門等重的力道去拉住它（可是一般人都不具有這種力道，這種門看似普通，其實非常重），否則上捲的鋼索可是能把一個人的手臂當場捲斷的！就是因為這樣，那個技工才會有那麼一條可怕的疤。

不用說，我當然立刻把大王罵一頓！他真是狗屎運，他確實把木門從鋼索扣移開了，但居然沒被鋼索切斷手。（大王確實有察覺到強大威力，他趕快在失控前把鋼索扣到某個門縫之間。）

自從回到美國後，我和大王又是过著2人相依為命的日子，幾乎是迅雷不及掩耳地，大王馬上弄壞車庫門。

我只不过是進屋去幫你拿外套，你馬上做了什麼!!?

做我該做的事……

这个人是春丽嗎？簡直不敢相信我的耳朵!!!

車庫一図門掉下來了，因左右不平衡，於是整个門也卡死了。

據說，因為每当下雨時，我家的車庫門就會在右下角处濕一大塊，像這樣

車庫門

所以大王認為，应該把右図的門放下來一些，讓門卡緊的話，这樣才会漏水。

最近，我又遇上個超級難題。我們家屋外的危樓今年終於是要修了（連同上方用木頭架空的停車空間），我和大王早預估這沒有兩萬美金以上大概做不起來，我自己的想像甚至是三萬多。

果然估價單來了，連同稅金一起加進來，總金額快達四萬。我們沒有很嚇客，畢竟和我估的沒差太遠，可是大王當然就開始找，這裡面有哪些項目是我們可以自己動手的，我也不反對，修屋外漏水水管那次雖然充滿了不堪的記憶，畢竟也真的是做到了，不是嗎？可是大王哪裡不挑，偏偏要挑「拆除」這項！

「拆除」這項在估價單裡是幾乎最貴的，不過我並不覺得不合理，尤其以我家處於奇怪的坡地地形來看，似乎不太能直接把重型機具開進來作業，得靠人力慢慢拆除已經隨時會垮的危樓，我覺得這是所有分工中最具危險性的一項。

（續嚇頁邊條）

聽你在大頭目！！！門会有水漬是因為接水盤2年前被雪压壞了！！！

接水盤？那什麼東西？

才不是因為車庫門沒卡緊！！！

屋頂

向下流

放大

這种環繞在屋簷四週的，就是我所謂的接水（雨）盤

雨水從屋簷的斜度往下流，然後下滴，所以蓋房子的人在下面環繞一圈管道來接水，統一由某一辺向下的管子將水導到地面。

我們家靠車庫門右辺的接水盤因為2年前承受不了雪的重量，所以略為移位了，水滴下來沒被接水盤接到，反而沿牆（也就是門）往下流，於是門就会濕一片。

本來，这是很簡單的問題，專家說（專家就是我），不过就是拿根鐵鎚，把接水盤再敲回原位！結果大王該修的没修到，还把車庫門弄壞了！（車庫門还比較難呢！要像他那樣——所謂「把右辺門敲下來」，是需要極大蠻力的!!）

那之後，果然花錢找人來修車庫門，至於那个接水盤，大王自己後來花不到三分鐘就敲回去了，而且之後了確實門也不再濕一塊。

你怎麼不早說嘛！哈哈哈……

哈你大頭啦！

做人要用常識好嗎?!我來自一个没有斜屋頂的都市，我都能看得出哪裡出問題，為何你反而看不出!?

我開始懷疑，是不是我每年都在过一樣的流年運? 过完年回美→收心瞎拚→接著生病！老天給我的这套運轉好像好几年没改了，僅管我自己小心翼翼，卻还是没躲过这週年慶……

怪了……我怎麼会生病? 明明很小心

没関係啦，我請假照顧你……

其實，是我傳染給她的吧?

我之前有感冒，但是症狀不嚴重……

可是大王偏偏很堅持要自己做這一項！我則覺得這和他此次（←）決定自己亂修車庫門一樣沒常識——不知道專業人士才看得到的危險性！我們的屋外樓梯高達一層樓半之高（因為是坡地，加劇其高度），離住屋建物又很接近（如果倒向不對，可能毀損房屋），裡面又藏有電線線路（夜間上下樓總需照明），為何這項收費如此之高，真的是有其原因的！我真的非常生氣，大王什麼都不願聽我說，就是執意要這麼做！甚至我說我情願負擔整個拆除費用，他還是死不退讓。

在我寫這邊條的現在，樓梯還沒動工，我也有點心灰意冷了，甚至不想修了，讓它隨時垮吧，至少有更高的機率它垮時沒有人正好在上面！但如果是我們自己拆，它垮時我們兩人一定都是在上面。

拜託神請托夢給大王！我真的無計可施了。

霉人 心計

自從上回被大王伝染了奇怪類型的感冒後，（就是完全失去食慾、也不覺得餓），緊接著，大王又被我再次伝染，他二度得了感冒，而我也嚇得謹慎起來！

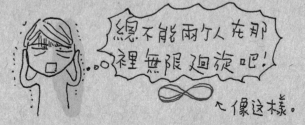

總不能兩个人在那裡無限迴旋吧！

↖像这樣。

大王第二次感冒比第一次嚴重很多，不只請了二次病假，有一天还早退回家！看在他那麼可憐的份上，僅管我自己也才稍有好轉而已，还是在半夜被逼得出門去幫他買洋芋片（註：这不是搞笑，洋芋片是他精神的支柱），聽説，不吃洋芋片，他心情快樂不起來。

我要是也二次感冒了，希望你不要忘記這份恩情

一个弱小的歐巴桑半夜去買一包洋芋片这种恩……

而这段期間，我確实常有一种感冒欲去还留的感覺，有一种「下一刻就会直接再上層楼」的預感，可是，我也没有很擔心，因為日漸好轉的大王好几次感動地説要報恩，我想，與其拖太久他忘記了，不如甘乾脆些，我主动加重病情，讓他立刻还恩！

老公~
我覺得我
今天不太行

所以我不去買菜了，也不煮了，你能不能下班回家時，順便買晚餐回来？

其实今天只是懶，並不是真的覺得狀況不佳，但，我下定決心，怎樣也要演下去！即使，我事实上覺得感冒根本都好了！

到了大王快下班之前，我立刻開始認為要進入預演狀態，可是，卻發現不知是不是太快樂了？整个人精神百倍！但…

天助
我也~

我媽媽来
了！！！

從來，我的姨媽每个月都沒有隨和過，一定要搞得我整个上下翻疼不可，但不知道是不是因為我太快樂太喜悅？這次姨媽來竟然不会痛!!!

完了—

我根本看起來
太勇健了呵……!!!
怎么辦……………

連YOYO都吐毛球、MANY也打了2次噴涕——这是真的！可是我完全地 福氣又安康！我甚至还忍不太住嘴角揚起的一直偷笑!!!

你回來了……

香港媽→
必備口罩。

你还好吧？

还好……
只是大姨媽
也來了

怎么說呢？難得有人要報恩，我告訴自己，不論怎樣也要享受到——不計一切！
所以今晚順利地渡过了，明天聽說大王还要幫我泡早晨的咖啡，港屋的口罩，你实在太好用了呵!!!……

我覺得我挺狠的，貓要吐毛球之前都會先乾嘔一下，可是他們經常不顧自己處身在哪裡就吐了，那也就是說，經常吐在不該吐的地方（例如我的棉被上）。所以我每次看到他們開始嘔，就會立刻把他們抱到地上或趕下床，其實那應該是他們身體最不舒服的一刻・・・

明知故犯!!!沒人性!

我有時真的很佩服酒吧裡的服務人員，他們才是經常嚇到我的人！怎麼說呢？我現在一年之中大概只有三、四次才和大王一起去喝一杯，但是每次我去，他們總是還能記得我喝什麼！這種記憶力真是會讓人覺得他們是天生的 Bar-tender！

蕭婆

上週末，正当我和大王悠閒地坐在一家 pub，聊著不是够多重要的話題時，突然王大喊一声——

你說什麼!?

嚇

我剛ル說了什麼???

不是你，剛ル出去的那个老女人說我很噁心!!我做了什麼!?!??

很噁心？她不是在說你吧，她可能在和她老公說——

註：那老女人是說：
『You are really gross.』
我当時正全神貫注地在和大王說話，完全沒有注意到她，只知道有人從桌旁走过，正要離開。

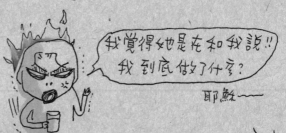

正在我準備安撫大王之際，坐在靠窗桌子的我們往外望去，那老女人已經坐上車子了，她老公在繫安全帶正準備離去——毫無疑問地，老女人看著我們，比出了中指……

gross 事件至今是個謎，此後也再沒遇過那個蕭婆，不過很衰的，那家店居然從此被我和大王改名為 "gross pub".

這新的一年以來，我最痛恨的事就是，我沒去惹人家，但莫名其妙地，連陌生人都要來惹得我心緒大躁！

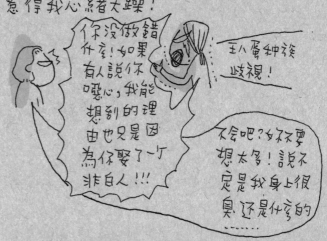

我和大王都是說話含在嘴裡的那型——意思
是，我們在公共場所或任何地方，都不可能說
話很大声，我實在不能相信，坐在我們後面
桌的一ケ老女人（可能还有点耳背了吧?），能聽
見什麼！更何況，仔細倒帶回想，我和大王
是在說 ipad 的話題，怎樣也不可能能被
評為 gross（噁心）！还被比中指!!

你除了衣服
破了一点之外，
也沒有臭阿，
轉過去我看也，
也沒黏到
X液阿⋯⋯

什麼X液，
妳在說什麼鬼阿!!!

就為了這樣一ケ蕭婆，搞得我和大王心情
都很糟！非常後悔当時怎麼沒立刻撞出
玻璃、去攔下車來問ケ仔細!! 我更後悔
在第一時間阻止了大王在蕭婆出門前叫住
她！

那ケ客人？
她第一次來，
我也不認識
她⋯⋯

不是常客⋯

好吧，
你可以
退下了
⋯⋯

把服務生
叫來問

这感覺我只能說，就像高高兴兴地走在路上卻
突然無預警地被人在臉上吐了一口痰！希
望這蕭婆每日努力禱告，祈求上天原諒她五
分鐘之內殺死了2ケ人的平安喜樂之罪⋯⋯

我真心覺得台灣人應該
更注重酒引起的問題。
這幾年實在太多家暴新
聞了，大家難道沒注意
到，多數施暴者都剛好
是酒鬼？都是「喝了幾
杯就開始轉性變了一個
人，開始對妻小施暴」
？
除了家暴，這幾年因酒
駕不小心撞死的人又有
多少！！我覺得酒引起
的問題比抽煙更嚴重，
但是這個社會（指台灣
，美國對酒駕和酒鬼都
是很嚴格的）總是輕輕
放下，總還是乾杯文化
、神話豪飲之能的文化
。

剪  髮

雖然我現在對大王這個剪髮師已經產生情感，不過我還是得說實話，台灣真的比較會剪！

這次過年回台，我本想找個厲害的髮型師好好地剪它一剪，結果後來沒時間，草草在娘家附近的美髮院解決了，而且去的時候因為幾乎所有的設計師都在忙，我又不想等，直接找了唯一一位坐冷板凳的設計師剪。

但是剪完我只有充滿激賞！十幾年沒剪過這麼專業的頭了！還真是回到台灣才知道什麼是專業！！！隨便一個冷板凳設計師都能剪得比嫚蒂好（嫚蒂是大王那個剪髮師的名字）。而且那次剪髮還撐了比平常更久的時間沒走型。

上個月吧，我又去嫚蒂那裡修頭髮，我很大不敬地對她說，照原來的型修短就好，不過，剪出來還是兩回事。現在我又開始懷念長頭髮了（懶人最佳髮型）。

我有个朋友的老公是長髮，而且经常都是綁著馬尾，隨著年紀漸增，髮際線後退，他都会說，那是因為老是綁著馬尾的緣故。（因為綁馬尾会把頭髮向後扯，『據說』這樣扯久了，難免会有前線烈士犧牲……）
不管這理論是不是真的，它現在也成了我的信仰

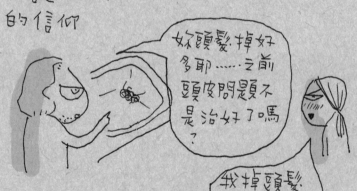

妳頭髮掉好多耶……之前頭皮問題不是治好了嗎？

我掉頭髮是因為我一天到晚綁馬尾

◉ 小註：之前看了皮膚科醫生，在醫生開了外用藥和处方箋洗髮精之後，確实曾治癒过，但，由於我不想常期使用含有類固醇的東西，所以几个月後就換回一般洗髮精，然後，症狀也又一步步回來。

除了説綁馬尾会造成掉髮（我好像已経夏的相信了），我其實也覺得長髮比較難把屑抖乾淨，最重要的是，我實在無法阻止自己不去綁馬尾（頭髮散在那裡，連喝ㄍ湯都会加海帶，抽ㄍㄨ都会自焚）！

你下次要去剪頭毛時，順便幫我預約，我也要剪！

什麼!?不要吧？長髮很好啊……

那ㄍ「下次」，就在今天發生了，我和大王一起去剪髮，美髮師就是那位以前在交換日記提过的，她幫大王剪了十多年的頭，当然深知大王的個性——王是不吹頭髮的（吹整浪費時間），通常剪完頭髮还濕ㄉ的，就是好了！然而大王這一路想也深得我心，我也不愛吹整（因為吹完会覺得好油條，並不是因為ㄏ珍惜光陰），所以我还是不排斥和大王一起去剪髮，一个人我比較厚不下臉皮説不吹。

只不过這次有2个人一起剪，大王那愛惜光陰的毛病又更加深了，竟然还沒完成就要起身……

不過上次去嫚蒂那裡，發生了一件好可怕的事——
他們那家美髮店是位於一棟歷史悠久的建物中，也許是以前規劃不好，它是多家店共用一個洗手間的。要去洗手間得從美髮店的後門出去，但所謂「出去」並不是通往戶外，而是深入到這棟建築的中心深處，中心深處有一條所有店家都共用的走道（沒對外開放），那條走道有燈，不過那天燈壞了。
那天出門前大王下催命符，害我來不及小便就出門了，當然一到嫚蒂那裡，我的急已經是刻不容緩。趁王在剪頭時，我踏上那條無燈走道，一直安慰自己，一旦抵達廁所就有燈了！所以我靠著美髮店打開的後門內透出的一點餘光，摸黑找到廁所。好不容易抵達廁所了，卻在牆上怎樣也摸不到電燈開關！其實，廁所內有個不知誰插在牆上的小夜燈，但那盞小夜燈真是我生平見過最弱力的，它只照到它方圓十五公分左右的範圍，不但應反光的白陶瓷馬桶看都看不到位在何處，連牆上還有其他什麼東西也看不出。
我是個超邪惡的人嘛，我當然有賴打啊！立刻從身上摸出賴打，一點著，我嚇得差點直接崩尿！我看到我自己！那面牆原來裝了一面鏡子。

（嚇頁邊條待續）

美髮師正在比
兩邊是否均長。

好了,好了,
我剪好了!

換人——

這樣下去,老娘以後可以去
開快速剪髮……

然後換我剪。為了強迫我自己不要再有頭髮
去綁馬尾,我一下子就說要剪到耳下。

其實我頭→
髮又很長了。

清湯掛麵
就好……

這麼大的
決定怎麼
不事先和
我商量一
下!?

當美髮師先將我的頭髮集中綁起來,一刀剪
下去之後,我和大王幾乎同時要說「完成了,好了!」

這樣看起來
好像很不錯,
蠻潮的!

夠短了,
夠短了!

不是流行髮
尾亂撥?

這對夫
妻果然是瘋
子……

不過,在美髮師極力堅持下,加上我也覺得這樣
好像還是有綁的餘地,最後還是完成了像蔡英
文般的髮型……

也不錯
耶——

我好像娶了一
ㄍ新太太嚕——

所以嚇到後(當然不敢再看鏡子,誰知裡面的影子動作會不會和我一樣),我專注地找電源開關,我只能說,當時真的很詭異,居然牆上毫無任何開關,只有一個插著小夜燈的雙孔電源插座!(可見小夜燈弱到什麼程度,連旁邊有鏡子都沒法偵測出)

我退到惡靈古堡的走道上照,依然沒有電源開關!走道的另一面牆是有一個,我在那裡上下按了半天也沒看見哪盞燈有亮(說不定別家店內的燈一直被我在那裡開開關關)。

後來決定不管了,還是進廁所去照照看馬桶在何處比較實在。好不容易找到馬桶了(註,此時我已經嚇到決定不關廁所門,就是敞開大門隨人看——實話說那種暗度根本看不到什麼,況且整個惡靈古堡的走道只有我一人),我居然還施展單手脫褲的高難度動作,因為另一隻手得持著賴打。

一坐下去,賴打熄了,甚至因為過燙我失手讓它掉在地上!我差點就要立刻尖叫而起,尿出一條逃生路而去!不過我的公德心不允許我這麼做,我施展壓力,強迫膀胱加速排放廢水,等到終於尿完,我褲子也顧不得要穿好了,提著腰頭就立刻衝出去了。

後來大王聽到我這段惡靈古堡的經歷,本來也想去尿的他,都不敢去了。嫂蒂也證實那天真的燈剛好壞了。(完)

記憶卡卡在電腦裡

基本上，我對電子商品沒什麼概念，最大的心願也不過就是希望它簡易得讓我這白癡操作得來。也因為對電子商品的熱衷度沒那麼強，我的東西舉凡電腦、手機等，汰舊率並不高，也不管外面世界除舊佈新了多少輪，我的世界到上個月為止，还在用生平第一个買的數位相機（300萬畫素）。

如果不是因為下載照片的驅動程式已經消失在歷史的洪流中（天啊！現在的相機应該都不会再有這一套了吧？驅動程式？？？我猜年輕人連聽都沒聽过！！！）如果不是因為照片下載不出來，說不定，我会從一而終，獲得電子貞潔牌坊呢！

就因此，我買了个1200万萬素的Fuji送大王──还不是我自己要的，我沒兒沒女，是該符合潮流照顧別人的家庭……（只是偶爾借用一下，应該沒關係吧？）

現在真的不用驅動程式了。我第一次從這台相機下載照片，居然只要把相機和電腦連接，就自動完成！所以這之後，我不太能堅稱說「電子商品不需汰換那麼快」，因為舊的相機真的沒辦法在沒有任何程式下這樣下載照片，更重要的一點：它連和電腦連接的線，那種插孔，新電腦都已經不存在了。

看起來效果是很不錯，

但好像还是很複雜唯……

是啊，我也是在想為什麼沒有那种一按下去就是完美照片那种……

夫妻總是要有共通点。

在人手一「唉鳳」的至今，我依然堅持用我的 c901。

也不是我討厭唉鳳，只是我以前用多普達時就已經感覺到手機沒必要上網，雖然畫面字都可以放大，或是說很多網站都有手機專用版，我怎樣都覺得不如筆電實在（放大後畫面在那裡移來移去，因為螢幕不夠大，這樣看起來我覺得好累人啊），這兩種東西還是要分開而不能合一。

既然不能合一，我的感覺就是手機別上網了，單純追求訊號優、可拍照就好。

這相机本來是要当結婚9週年庆的礼物，但，大王就快去荷蘭了，我想应該提早給他，讓他拍些兒子的照片，所以我就提前給了。

然而，傻瓜如我也看得出，現在數位相机真是比以前好太多了！儘管不是完美到一按下去就是完美照片，但在全自动模式下依然80%有佳作！

呼～ 突然也好想自己要一台喔

我之不熱衷換电子產品，多少也和出門不喜欢带東西有關，以前曾経斤斤重資買了一台 PDA —— 可拍照、可当手机、有英漢字典、还有wifi可上網、甚至还可MSN等！当時的目的就是集数机於一机，但，没想到，人算不如天算，偏这台 PDA 的最基礎功能——电話，在我家收訊完全很差，最多只有二格訊号!!!（導致我一直以為是我家收訊差，很久以後才知，是手机自身問題!）

如今我又对相机心动了，但老毛病也重來——我希望砂相机能和手机結合！然後收訊也要好，这樣我就滿足了。最後我相中了一年舊机，索尼易利信的 C901

味～ 免費名模

拍起來果然不錯～ 而且訊号也很优！

重点是現在便宜!（非新机了喔!）

很多人也知道,去年底大王買了新筆電給我,所以呢,新筆電是有讀卡机內建的,照理說,要讀手机上的記憶卡裡的照片是完全沒問題,更何況我另買的小小M2卡还附送一个轉卡匣,我認為萬無一失了:

拍了几張照片,把記憶卡拿出來插入轉接卡,然後插入我筆電裡的讀卡机,果然,照片一下子就讀出來了!

外面的世界还是
很美好啊──
僅管前浪後浪
推個不停……

完全不用驅動程式喔❤

但,喜悦不过三分鐘,我就發現我的記憶卡卡在讀卡机裡了!完全退不出來!!!

怎麼会有这种事!???!!

怎麼沒有退卡鍵???

人家卡帶都有退卡鍵的……

↑
小姐,別再
凸了,那裡並
沒有隱藏版
退卡鍵!

幾乎被我破壞了的讀卡槽。

註:我是知道一般只要往內推卡,卡就會出來了。可是這張轉卡匣比一般記憶卡薄小一點點,所以推不出來。

罕見嗎？也並不，我上google搜了一下，發現這問題還真是一点也不舉世無双!!很多人都有記憶卡卡在电腦裡退不出來的経驗，有人建議用牙籤，有人説用膠帶，甚至有人説，用螺絲賴把挖出來!!!所有的建議我通々用了，最後果然也挖出來了!……

然而，網民的建議也不止於此，他們説，最好買一个外接的讀卡机……

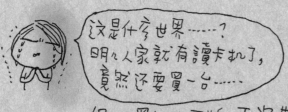

這是什麼世界……？
明々人家就有讀卡机了，
竟然还要買一台……

但，不買也好可怕，下次也一定会再卡住!!!

世事果然沒有完美的！我總是会發現，每次為了要簡單省事，結果總是会證明，非完美才是人間。
一切，只因為給大王買了新相机而激起我的塵緣貪念啊！就這樣，我又乘々地再去買了一台讀卡机……

這也是一件整個白費工白花錢的事件。
我看C901的盒子上寫的配備，它應該是有附一條電話和電腦的傳輸線才對，但我收到的卻沒有傳輸線，於是先是記憶卡卡在電腦，然後買了外接讀卡機補助，但到頭來，我卻覺得一直要把記憶卡從電話中抽出實在超麻煩，最後的最後，我還是又花錢去買了一條傳輸線！
結果證實還是傳輸線最好用，我不知道我是不是鬼迷心竅了？為什麼當初沒有立刻直接想到傳輸線？而非要繞了一堆路才回到原點？

惡人

還有惡人治

雖然我最愛的还是台湾食物,但事实上我在美國並不常去亞洲超市,尤其如果有大王陪,那景況会如同去ikea地獄一般,因為光是開車進去停車場,立刻会發火——

超市大門

騎樓 　快!

搞什麼!?恁麥沒信自私!!

停車格　　停車格

總是会有亞洲人將車停在大門接人或裝貨!!!

這我怪不得大王,連我自己都很火,亞洲人你為何不守規距些……(明々在美國的超市你們也都做得到!)

上上星期,在我的「休假日」大王希望我仍幫他泡咖啡,所以交換條件是,他要幫我付錢採買我想吃的台灣食物。

猶記,幾篇前寫到ＩＫＥＡ時,才說大王去大華都沒對我生氣。原來那不是事實!!!我太仁慈不記恨,所以都忘光光了,去大華他是有生氣的,只是是在外面的停車場,針對如此這般的戲碼

* 大王真的經常給我找麻煩，我想我之所以沒那麼記恨是因為，至少他有承認。

結果一到大草超市的停車場，大王就去和人吵架了，這一次倒不是草人挡在車道上，而是有个墨西哥人不守規則硬搶道：

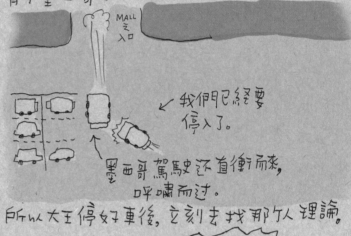

所以大王停好車後，立刻去找那个人理論。

（至於我，我在遠方，因為我也不知大王是要去和別人吵架，所以留在停車処沒跟过去，但他們吵得很大聲，我聽得到。）

接著大王說出一句恐怖的話來——

又時我嚇壞了,我以為我就要見識到美國文化了一槍殺案!!!可能是槍。

人家說「夫妻本是同林鳥,大難來時各自飛」,這一次也考驗出我為人的本性了,我沒有逃,立刻跑到大王身邊要把他拉走!!!

我也不知,大王被我拉走後的心情是什麼?那堆混帳講得可真難聽!如果我是蜘蛛人早也嚥不下這口氣,非把他們吊在摩天樓頂端反省三天三夜不可!

結果我也沒心情買了,草草買了幾樣就和大王一起回車逃離現場。基於上次沒買到什麼,而且大王週末就要去荷蘭了,我終於幫他換

了一件新牛仔外套(原本那件實在太破了),也決定他去荷蘭前,再去大華買我的糧——

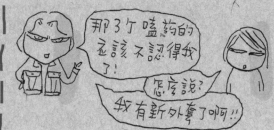

鬼屋

大王已經去荷蘭好幾天了，我這次竟然忙得沒有什麼時間怕鬼怕壞人！連在机場道別的 史代魯〈style〉都是前所未有的突破——

早上出門太趕，我現在想去上廁所……

我也是一道尿忍了很久，那就在此告別了——

不互等了喔，上完就各走各的囉……

偵探系列小說，目前已經出了三本。
順便正式宣布，此系列將會繼續出書。

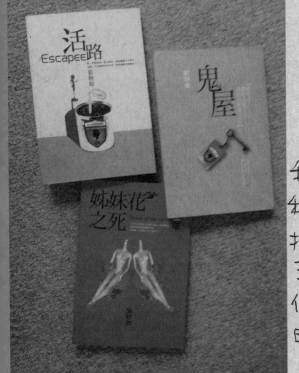

我究竟在忙什麼呢？(一) 我現在正在和玫怡寫第13本的交換日記中。(二) 我接了一本書的插圖工作，还在作業中。(三)，五月要報稅。(四) 我剛又出了一本新書：偵探系列的小說第二集《鬼屋》，心中沒由來地多添了緊張感。

同時，出版社那裡也收到了交換日記簡体字版的樣書了，所以當編輯寫信來通知說，会寄几本樣書＋小說第二集來美國給我，而其餘会寄到我台北娘家時，我也立刻回好，完全沒有多餘的心思算計，直到我收到書後，才發現大誤又造成‥‥‥

← 看到「鬼」！

什麼!? 小說只寄給我兩本?!換言之，其它8本都落入娘家!!!

鬼屋
鬼

→交換日記簡体字版

我記得，出版第一本小說「岔路」時，曾提及「不好意思讓媽媽看到拍咪鴨」，編輯好友當時也很能明白我臨老大走青春夢幻風的羞赧，当時，為了促銷也頂著老臉硬上了，人在台灣難逃媽々的關注，那是不得已。但我真是沒料到，这次竟又主动寫上更精彩的第二集給我媽——（昏）。

實話說，我的偵探系列小說在我娘家是禁談的話題。（當然是我禁止他們談，因為無法禁止他們看。）
為什麼呢？我求學期間就頗有文采，我家人對我的印象都是停留在「文藝風格」的印象中，可是他們並不知道我其實對市場對通俗更有興趣（但不是賺錢，在我心中那是兩碼子事），我非常喜歡人之俗性且不欲人知的那一部分。
所以第一集出來和他們的期待落差很大，我姊幾乎要抓著我的肩猛搖問為什麼。從此我就禁止他們再提了。
（我唯一的解釋是：我希望這作品拍成偶像劇或電影。奇怪這樣說，倒是他們都明白了。其實也不是他們明白的那樣，但算了，這樣就好。）

所以，顧不得皇上要日理萬機的史給久，我硬是立刻再讀了我的第二本小說《鬼屋》，總要檢查一下，有多少內容是「老人不宜」的……

へ？怎麼這麼順，一口氣就看完了？

第一集我自己都還分了好九次才讀完……

而且，好好看喔……（羞）

雖然是拍咪鴨，但，我拍得有進步啊～

怎麼說……？母親節也快到了，突然，在我沒有小孩這種身份下，我竟体会到為母的喜悅！(?)

已康乃馨。

我的小孩，長大了啊……

如果大家覺得我誇張，試問自己，現在有哪個父母不大誇自己孩子可愛的？我也不過就是正常父母心…（淚）

雖然你可能和阿嬤會有代溝……

媽之我也不求你当个有用的小孩，只要你是个还不錯的花瓶就可以了，你不用有內涵，只要長得賞心悅目，我就对得起世人了……然後，媽：祝您母親節快樂！但鬼屋可以放下了，為了您的健康著想……

結果，我媽當然是有看完這本書。由於上次他們批評我時，我反應之激烈，這次我媽就不敢多說什麼了，只和我說還不錯耶（她主動說的，我是老早就打定評價不論好壞我都不想聽，所以根本不可能主動去找死）。

我立刻和她說：千萬別再說下去，再說我就要喊金鋼飛拳了，就算妳是真心想讚美，也不必。我是霸道，但至少我好壞都不聽，並不是只挑好的聽，我深知它絕不是世界名著，那也不是我的目標。我只是圖書市場上的選項之一，提供甜食的人，而且還只是最普通的糖果，像買單時被奉送的那種過味糖，不是什麼高級糕點。

這是不相干的題外話。

好像是 2010 年底，大王從荷蘭回來後，和我說了一個驚人的消息，他說愛傳變胖了，似乎過度享受食物⋯⋯

我很難想像他變胖！因為從小到大，他和托比都是瘦巴巴的，誰變胖我都難以想像！可是我一看到照片，確實愛傳的臉整個圓了，雖然還稱不上胖，但自己比自己，他確實比他以前福態一些。

看了照片我笑了，但不是笑他胖，而是他的造型！

緊身衣褲！

不過今年我看到他時，他已經瘦回去了，聽說有做運動甩肉。

拆炸彈

說起來，我怎麼覺得年輕(人)的身體都還挺頓的？晚上組團去夜遊、或和同事去唱KTV唱到半夜，隔天还依然能照常上班、上學。這，不是遲頓是什麼？

像我这樣的老年人，

可是一下子就反应出來了呢！

熬一夜要補沃！

啊⋯⋯你是⋯⋯这樣有什麼好驕傲的嗎？ 白痴⋯⋯

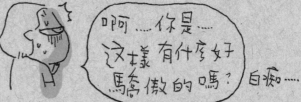

話說，我這一陣子挺忙的，忙的都沒時間做運动（撲浪），連自己在吃什麼都不太有意識，但是很快地，幾乎是第一時間，我的身体就靠腰了！

結果這一年來，我居然轉性了，居然覺得生菜也不難吃！我仔細追究了這種轉變的原因，大致得出一個答案：這一兩年來，我和大王蠻有些迷上印度buffet的，印度菜香料放很多，而且印度因為吃素的人也多，所以連蔬菜都有做成咖哩之類的口味或油炸，整個吃起來，會覺得用一些生菜來改變和平衡口中味覺是蠻清爽的。

經過這樣一調劑，中場休息後，就能再戰第二輪。

大嬸～妳有必要吃那麼多嗎!?

說起來真是教人含蓄～我也沒注意到自己多久沒正常解放了……

我覺得我人怪怪的，連個屁都不放了耶……

炸彈

好張、好不舒服

好到底有沒有吃青菜？

不要碎碎念了！青菜？立刻來去吃就好了呀！

所以大王從荷蘭回來後，第一件事竟然就是和我一起去吃青菜。

其實我並沒有討厭吃青菜，我只是不喜歡吃沒煮過的！但此刻，為了趕快拆下我身上的炸彈，就算真的是草也得吃下去！

生菜沙拉

怎樣？有感覺嗎？

哪有那麼快？

有啊，我已想回家上廁所了

向來都是豬不肥,肥到狗身上。大王已經
清倉洗塵了,我还是一个屁也沒放出去。

纖維,我不知道台灣有沒有賣?在美國
卻是很好買,一般超市就有賣,白色的
粉末,泡起來無色無味,可以加在任
何冷熱飲料或食物中。
我本來以為我這重度堵塞至少要喝
兩杯咖啡(我泡在咖啡中)才有效果,
沒想到喝完一杯就已經屁話連々,
很順利無痛地拆下炸彈了!

後來我有點發現,不是說吃
這種纖維就不必吃菜!如果
這樣做,纖維喝再多也無作
用。所以和我一樣對蔬果沒
太多熱情的人,可千萬不要
覺得纖維+維他命丸就是一
種出口,這樣不虔誠,神不
會保庇的。

美國 的 九年 教育

我想了很久，我之所以會打開衣櫃對自己的衣服不敢置信，並不是它們真的長得多誇張或怎樣，最大的恐怖點是在「不適齡」！不適合我的年紀我還敢穿，那才是我最害怕自己的地方。

好恐怖

自從我買菜要看天氣後，我幾乎要買菜前都會檢查一下氣象報告……

糟！網站上說會下雨，可是外面太陽明大很大！

怎麼辦？

後來，我決定依照「事實沒下雨」出門，不過，為了保險起見，穿上我新買的防水外套！

天下再也沒有比我更謹慎的人了吧？

果然，才剛抵達超市門口，天就突然變了，馬上下起雨來！

匆匆忙忙買好這一星期需要的物資，我就立刻去結帳了，因為，我得趁我家危樓還沒濕透之前趕回去！以免得拎提著一堆日用品挑戰百戰百勝！

啊—

收銀→

你的外套可真好看啊—

耶？

可不是嗎？我剛剛偷偷跟在她後面看了好久……

很可愛啊啊

耶？

她們兩个人竟然聊起來!!! 而且完全忽視主角!!

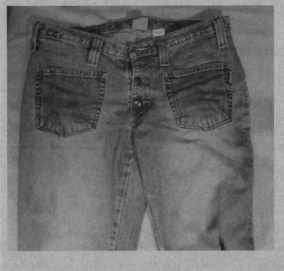

這件我已經穿了兩年的後袋前置的牛仔褲，至今詢問度仍然很高。但其實這件不是哪個品牌的褲子，只是我自己的「組裝物」。兩年前我失心瘋地一直想買一件前面是貼袋的牛仔褲，但怎麼找都找不到滿意的，最後我火了，在依貝買了一件毫無口袋的二手牛仔褲，然後從自己穿不下了的舊牛仔褲上，拆了兩片後口袋貼上去。

雖然，我經常因為外套而被搭訕，但其實我也还是没学会多少經驗，以致於在害羞之下，也變乾脆就擺臭臉了，不过，她們兩位也不在意我就是……

我也想去買一件这樣的外套……

可不是嗎？下雨天有多方便……

顧客

謝々

也不必問我去哪買的嗎？

不問也好……

这真是世界奇景吧！

僅管如此，我内心还是不得不有一些竊喜，究竟有多少人假裝没事般地買菜，其實卻偷々地看著我的外套呢？科科，我还是有很不錯的審美觀吧？

是嗎？在美國住了这麼久，

不覺得美國人的美感好嗎？

事實上是很阿花的美感吧？！

也就是説，妳該4懷疑自己是不是愈來愈阿花了吧？！

交換日記第十三集已經有這件外套的照片，所以這裡就不再重現了。

工商服務

九周年又驚又喜

這家餐廳叫 Stone House ，現在已經是我的最愛了。

上週四是我和大王結婚九週年紀念，雖然礼物早送了，但，吃一頓晚餐还是不能免俗……

> 這家餐廳很特別喔，我們都沒去过……
>
> 不能告訴妳……
>
> 我又沒問

大王对美食的品味我一向很放心，所以，這种事我並不会特別想問，因為他就算被鬼遮眼，也是一定能找到好吃的餐廳，只是我沒料到，這一家餐廳除了食物美味之外，另外也有名於"鬧鬼"！

16244

> 这种号码一定有鬧鬼

还没進門我就相信了传说！

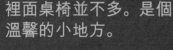
裡面桌椅並不多。是個
溫馨的小地方。

這一支也是我的最愛。
但最近幾次去都缺貨了。

進到餐廳後，我突然很後悔，為什麼
出門前不去小ケ便！

选这家餐廳,
你是故意的吧?
(靈異上)

才不是,
他們評
價不錯
(食物上)

所以我也不敢喝太多水,深怕萬一得一
ケ人去上廁所時,会是非常可怕的挑戰!
不过,当前菜一上來時,我已経把鬼忘光
光了……

♡好好吃喔♡
这裡是天堂

我的也
是好ㄎ
ㄘ!

而且服務生推薦的酒也好ㄘ喝,我真的

完全不相信有鬼的事了！

説不定，这不是人煮的吧？鬼斧神功什麼的……

萬一很有道理呢？

其實我不敢去廁所还有另一个原因，那就是，这家食餐廳没什麼窗，有窗的还不是透明玻璃可看見屋外，而是玻璃彩繪那种窗，可以想見，廁所会有多陰暗！

不过，最後吃吃喝喝，我也無法再強留庫存了，只好一四唸佛一四往廁所去了……

什麼!?

整間屋子竟然廁所最明亮！还有大窗!!

最後，我只能説，这家叫 Stone House 的餐廳真的是鬼斧神功的美食，但，我真的没見到鬼……

我不是什麼美食家，我實在無法仔細專業地說它為什麼好，我只能用自己不專業的「感覺」來說，我真的很喜歡廚師把幾種看似不太可能互相合作的食材，配在一起卻又美味到彷彿它們本該是天生絕配！我相信那就叫天份，這裡的主廚的天份很合我意（但或許並不合別人的意），我就是喜歡人家搞怪但又搞得好。這間餐廳應該不是喜愛傳統烹飪搭配法的人會欣賞的地方。

（拜託不要倒店關門啊！我的最愛！）

過五關郵局

因為受人之託，幫忙在美國買了個浴簾，所以東西到手後，我也很快去郵局，要把它寄去台灣……

竟然还只有一个窗口有開！

隊伍排好長！！！

我這一篇不是在說不要給新人實戰的機會，我只是要點出，郵局應該要配一個老鳥在旁協助吧？不然我覺得這個小姐也蠻無助的，如果我是她，當天下班回家可能會包在棉被裡痛哭，實在是太挫敗的一天啊！

一般而言，遇到這种狀況，如果是大王，他会馬上走人，不过我一向驕傲在自己比他有耐心，所以，我乖乖地去排隊了！但，也很快發現不对勁！

↖唯一的郵局服務人員。

她在打什麼資料？？？我從没看过郵局这樣打字！！○ɢ○

重點是，她打字好慢好慢！！！是新手吧？

而且等她一切都打完了，她竟然还說：

先生，你這种封箱方式不可以喔，依規定，我不能收受！

什么!? 那妳怎么不早說!?

可不是嗎？如果她一早就不能收受，又何必慢速輸入資料呢？突然間，排隊的人開始悄悄嘆大氣，有一位老奶奶甚至說

這个郵局好了也該提供咖啡点心吧？

大家还可以交誼什么的，反正有時間……

我二話不說開始找單子填——節省時間，反正今年我経常寄東西，要填什么單大概也清楚。

依我看，所有的寄件者，沒有一个人的東西沒出問題！不是封箱不对，就是單子填錯，要不就是郵資誤人懷疑，終於，很多人都一一寄住去不寄了，因而輪到我——

你這个，最便宜的

也要32郵資喔

32!?

不是才16庨重

當初篇幅有限也沒能寫到很多細節，其實還有一個慘烈的細節是，這個小姐好不容易龜速把資料都輸入電腦裡了，結果她不知按錯什麼鍵，刷的一下剛輸入的資料就全部消失！而且這狀況不只發生在一個寄件人身上，連續好幾個人都是如此，所以我們又要看她再龜速一次地二次輸入・・・連我這個打字慢手都予以深深的同情・・・

我記得我前面那个客人寄了一箱不知什麼的，也是國際包裹，他才被收16元多，為什麼我只一个大信封夾要32元!? 不過因為等太久了，我決定也不要囉嗦了，32就32！

有的是她老師教得很好……我覺得我整个人被惱到快自燃了，耐下性子再重新填單，这位小姐还是不放行……

我又氣又惱地離開我們肯磨的郵局，馬上風速到隔壁鎮的郵局!!! 立刻證明至少三件事：①我最原本的單子就沒填錯！②郵資只要13元多!!! ③地址OK!!

天下竟然也有这樣的事被我遇上…… 今天真衰小!!

看吧！我的沒耐心正是智慧的所在啊!!! 多學真!!!

說起來美國和歐洲還是有很多的不一樣，就說超市買東西好了，美國人的處理態度和速度真是大方地不急不徐，一個一個客人慢慢「接待」，還幫你把物品一一裝袋，但歐洲結帳真是很緊張，你不僅要自己裝袋，而且和台灣一樣超市塑膠袋要錢，不過即使你買了他們的袋子，他們結帳人員也不會幫你裝，緊接著下一個客戶的東西已經開始在掃了，真是急死人地緊張。不過，歐洲週末週日超市是不營業的，但美國超市幾乎是全年無休，還二十四小時營業。

美國的郵政也是周六還有服務，很多不重要的國定假日郵局也沒休。

Lucky

已經有好幾次，会從窗戶看到我家庭院有一隻狗在探險……

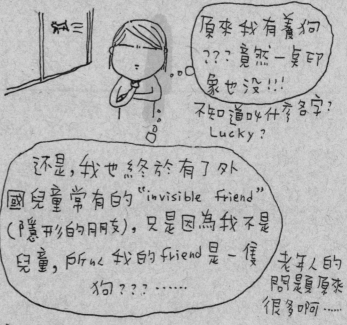

原來我有養狗??? 竟然一点印象也沒!!!

不知道叫什麼名字? Lucky?

还是，我也終於有了外國兒童常有的 "invisible friend"（隱形的朋友），只是因為我不是兒童，所以我的 friend 是一隻狗???……

老年人的問題原來很多啊……

鄰居夫妻其實和我們一樣，有一對兒女是男主人和前關係人生的，現任的太太自己沒生小孩，但對兩個孩子也很好，而且這對兒女平常也沒和他們住，是爾偶來訪會住個幾天，總之情況和我們挺相似的。

所以這隻狗我懷疑是小朋友養的，因為我可以感覺到牠並沒有一直住在隔壁。

這樣过了一陣子之後，有一天，大王在戶外洗窗……

汪汪

毫無反立。

後來，我們還特地去買了狗點心呢！結果沒想到此後就很少見到ＬＵＮＡ了，如同我說的，牠應該是小孩養的狗，當小孩離開爸爸家，狗也跟著回去了。

不過最近我和大王又被不知是鄰居誰的貓纏上了（我家真像動物的最愛），一隻黑白波斯貓經常來我家門外躺著，我或大王一出門他就開始喵喵叫且纏著跟著。看得出他很喜歡我們，可是隔著玻璃門看到ＭＡＮＹ、ＹＯＹＯ，他卻又不友善地亏叫，所以我們也不敢放他進來，只能偶爾去外面摸摸他。他也不是流浪貓就是（我在美國還沒有看過流浪貓），脖子有項圈，身材肥大不輸ＹＯＹＯ，重點是，他每晚都有回家啦，雖然我們還不知道是哪個鄰居家。

到！ 落地窗

那隻狗哪來的!? 怎会有一隻狗在我們家???

我怕牠咬我，不敢有反应！

原來你看得見!? 牠叫Lucky！

所以Lucky到此不再隱形，為了怕牠咬人，我們还餵牠貓食（沒辦法,我家沒狗食），餵了之後,果然Lucky態度改很多,和大王在庭院中東奔西跑,彷彿是我們家的狗！

但Lucky並不住我家,牠又是偶爾会出現,他也不是流浪狗,因為牠很乾淨,脖子上也有項圈。我們一直都不知道牠是誰家的狗,直到有一天——

鄰居 Jim

不好意思,請問有看到我家的Luna嗎? Luna是隻狗……

Luna? 啊…你是說Lucky吧? 有,牠在院子裡!

為什麼 Luna 變成 Lucky？別亂改人家名字！！

這位鄰居就在我家隔壁，去年，他和他老婆說服了我們，把隔於我們兩家之間的樹籬剪短了，從此對望不太有障礙，可是，我也不知道他們何時養了狗？而且他們的狗很愛來我家。

我應該去和Jim談一談，他是故意的吧？藉故來我們家看庭院！！！

好耶笑我都不整理！

我承認放狗自己出來溜不太好，但，誰會想看我們家的院子啊？你想太多！

愛面子 v.s. 習慣髒亂

JIM其實人不錯，他有問我們介意狗來嗎？如果介意，他會開始建圍籬。我一聽嚇了一跳，是有必要為這種小事建圍籬喔？！何況我家庭院本來就凌亂，又不是種了什麼奇珍異果怕小狗來亂咬！我趕緊說不用不用，我一點也不介意！其實他大可以說LUNA並不是天天住在他家就好，只是偶爾會遇到，誰會介意？

不過，也不等大王去和Jim談，Jim自己很快就自動改進了……

Luna～Luna你不在啊？

Lucky～Lucky！

在這！

Lucky在這！

但，大概是出於忌妒了？？……

讓我說一件我覺得有點悲傷的事。

以前，任何認識我的外國人從來不會把我解釋爲中國人，因爲我一早就堅持得很清楚，我是台灣人——在美國很簡單，他們非常尊重你自己認定的國籍，所以你說你是台灣人，所有的證件就是寫台灣，不必用什麼R.O.C.括號台灣那種鬼，你如果說你是中國人，他們就讓你當中國人，也不會強迫你非得用台灣不可。所以我說我是台灣人，也只有台灣人和中國人會有意見，美國人不會有意見。

不過有些事隨著我們大舉親中有些變質了。比如馬優自以爲現在中國崛起，台灣也很親中，我必然開始動搖自己當台灣人的決心，說不定還以和中國沾上很大的邊爲榮，她就不只一次會開始用『你們中國人‧‧‧』來問我問題，搞到最後我煩了，也不顧禮貌地回說「我不是中國人，不要問我中國的事」。

馬優是孤例嗎？不是。所以這才叫我痛苦。

中國娃娃

之前，為了強迫自己不要一直綁馬尾，所以乾脆把頭髮剪短了，剪了之後覺得新髮型很不錯，不过一陣子之後也 恢復記憶去体認到，為何這麽多年來都留長髮！……

我頭髮實在長太快！一下子，新髮型已經失去它的型了！

短髮要一直修，簡直很浪費生命，还有錢……

大王每回要去荷蘭前，總会去剪髮整儀容，这回也不例外，又和同一位美髮師約了一次，我也順便要求一起。

兩位，我接下來一个多月又要去割乳癌了，

会有一陣子不能上剪刀喔！

好，那就麻煩你這次幫我剪短一桌！

又要進廠咔？……

我也不知道外國人為什麼把乳癌說得這麼平易近人？好像要去看牙醫那樣？也許這位美髮師早已經歷過最痛苦的那段（畢竟她自己都說了，兩個乳房都早割了），她現在的態度總之就是看不出悲傷，所以我們也就沒必要演悲情劇。

而這一天，我因為急著出門，所以也沒換戴隱形眼鏡，直接架著普通近視眼鏡就去了，我的目標只有一個，那就是——短！短到2個月都不需要再回來找她！

一模糊一
這麼短OK嗎？
沒眼鏡根本看不清啊……
應該OK吧！反正妳記得，我就是要短！

我是相信她的，因為她上次幫我剪得不錯，所以在這段沒有眼鏡看清楚的過程中，只要她問我要不要剪下去，我都說「好」！只不過是剪更短嘛，會差到哪裡去呢？……

實情是，到目前為止的今天，我已經不記得上一次戴隱形眼鏡是什麼時候了。自從我老花了之後，我就不愛戴隱形眼鏡了，因為如果用隱形眼鏡把近視矯正了，那樣要讀寫的話，我就得正正式式去配一副老花眼鏡了，不然看不到。
我和大王兩人目前都處於摘下近視眼鏡讀書剛剛好的階段，所以戴隱形眼鏡變成一件很不實用的事情。不過，←像這種狀況，真的沒戴近視眼鏡會出事！

会!会美很多!!!

戴上眼鏡，重見光明。

这!...这!!!......

妳!妳不是開玩笑吧?......(淚)

可真像ケ中國女娃娃啊,你說是不是?

滿意

很可愛啊,中國娃娃

告訴各位,大王雖在言語間很自然不介意地和美髮師玩笑她的乳癌,可是打從心底,他卻從來不願害她不開心,無論她怎麼剪,都是衷心地讚美,只有終於走出這家美髮院後,大王才開始自然流露出他那藏不住的喜悅……

也沒有很糟啊,真的就是中國娃娃……

她居然...

哇!生活中樂子可真多!

她居然給我剪瀏海!!!

你們外國人是懂什麼中國娃ㄆ啊!?!!! 你們根本就是有不正常的想像!!! 但,我卻得頂著這顆頭不知多!! 天!……

我始終沒有拍這髮型的照片,我真的寧願老了以後沒有這段記憶!不記得自己剪過這個髮型後的樣子。還好時間確實證明,我現在已經不記得當年的樣子了!

挫敗的人生

這一年的禮物包括稍後的迪士尼樂園，雖然時間上沒有安排得準到兒子們生日當天人就在迪士尼，可是這風聲多少已經傳到他們耳中，這裡的禮物清單就開得很含蓄，並不過分。

不過弄起來也有這麼多就是：

再加上這個。

上週五是兩位太子的10歲大壽，僅管父王不顧金價高漲，早在美國買了黃金給兒子當生日禮，我們一到荷蘭，还是立刻忙於兒子們開出來的禮物清單……

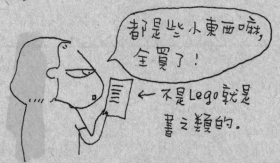

都是些小東西嘛，全買了！

← 不是Lego就是書之類的。

我其實対兒子們要求的禮物沒意見，但，我対大王非常有意見!!!（其購物態度）

你在幹什麼!?我都自食其力地找了兩樣了，你是怎樣!?

現在这髮型白龍王也覺得沒有氣勢。〈合理猜測〉

↑

註：我不会荷蘭文，看東西都要把整个單字勉力背下來找。

不要買那2个!!我知道有類似但更好的！

只是一時找不到!

拆禮物~~~

看了照片才想起，我公公
也有從挪威來。

晚上大家一起去吃日本料理。
這家店不知怎麼地，成為愛傳
生日最愛店，聽說他們今年也
還是去這家過生日。

是的，大王有病！！！明々小子寫的是牛肉乾
（例如），他偏々要自己換成牛小排（例如），
还要和我吵架，以至於，我們花了大半天
在 shopping Mall 逛，最後只買到 **1** 樣東西，
而且——

愛传不是說要
牛肉乾嗎？你
幹嘛買这个牛
小排？这个牛
小排他已経
有了……

瑪伕

怎么会这樣！？
这还是我打
Miao 打贏的耶…

一点也不誇張！我們在血拼按摩裡爭論
过也就算了，大王还因此大發牛脾氣，不知
怎么搞得，連付过費的停車卡都拒絕
起作用，他瘋得把保安人員都吸引过
來，讓我兩的臉都羞脫一層皮！我还
差点哭出來！他甚至批評那个血拼魔「
什么都没賣」，可是人家明々有賣々上所有
的東西！！！
就因為他这樣亂搞，还又害得我們隔
天得去換貨，兼，買齊剩下的東西！

你今天再不照
單來，我就
和你離婚！

馮你那
个髮型？
你最好
想清楚

日書按第二日是一帆風順，沒有人硬要亂什麼，一下子，所有的東西就買完了！該換的也換好了。只是，父王又有意見……

你把這塊石頭和這串洗衣夾給我一起包進盒子裡……

蛤？

瑪伐的。

瑪伐院子裡撿來的。

我拒絕給小孩他們預期的一切……

各位，原諒我差點漏尿！！！→因為我是正港的凡人！我領悟到了！天才的邏輯不是平凡人可以懂的！！！

兒子的願望 ＋ 石頭（或洗衣夾） ≠ 完全如願。

人生建議要有這種挫折。──大王。

不可以太寵小孩啊…

荷蘭超市有賣肉包子，真是令人激賞。

挪威的火車上有賣這種麵包，我本來還寄望是波蘿麵包，結果這東西完全是鹹的，上面是某種起司的樣子，吃起來好恐怖（難吃）。

其實這一次又被抽中行李檢查，我們終於是問了，到底他們是怎麼抽檢的？

聽說，就是按照姓氏的第一個字母抽，每天一個字母，依序從Ａ輪到Ｚ再輪回來這樣。可是！如果夫妻同行又不同姓氏，會有兩次機會！比如我的姓氏是Ｃ開頭，大王的姓氏是Ｓ開頭，當抽到Ｃ或抽到Ｓ時，我們兩就都得去！這解釋了我們中獎率較高的原因。

常，我們遇到衰小的事都會說：中樂透有這麼容易就好了！這句話實在很老梗，不過它已經是精典名句囉了！實在沒法再說得更神準了！人海茫茫，偏偏就你被雷打到！這不是中樂透的一体兩面嗎？

大家如果有看交換日記(13)→順便打書，已經出版了喲♡♡♡，就會知道，大王5月已經去計一趟荷蘭，結果回西雅圖時，在机場被抽檢行李。我一向也是美國海閞愛好有加的籤王，這次，六月，和大王兩人一起回美，神不選我們还選誰呢？(我猜神的口袋名單一定很貧瘠，搞不好就只有我們兩人？永遠必中？？？)

坦白説，我也很生氣，因為我也是經常中獎名單，不過，我知道 海關的權力是很大的！絕不要搞理力爭比較好，否則只是更加延長出關時間！而且沒搞好还要被檢查菊花(吧)？

就因為大王走到旁边去喘口氣，惹得海關更不愉快，我立刻知道今天沒有傷佯的「餘地」，馬上把皮包外套全部脱在桌子上！甚至開始回想自己是穿什麼内褲，有沒有發黃脱線？結果——

經過我們抗議，這官員只好去查電腦中的資料，可是她卻堅稱裡面沒有五月時大王被抽檢到的證明。

其實這次好像是抽到C，所以這位官員才無法查到上次抽到到大王的S（如果她查的是C群的抽檢紀錄，當然是找不到人屬S的大王的紀錄），可是呢，只因為大王惹得她超級不愉快，所以這一天她放過是C的我，卻檢查了S的大王。

那位関員為了「示範」給大王看「合作的好處」，居然完全不檢查我的隨身物了，只留下我和大王共用的那一个行李箱，还有大王的外套也被一公分一公分地檢查……

雖然是這樣，但我的內心是百感交集的!!!

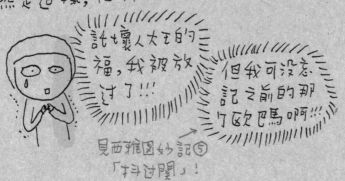

託壞人大王的福，我被放过了!!!

但我可没忘記之前的那ㄅㄛㄅㄚ馬啊!!!

見西雅图妇記⑤「扫过関」!

今天如果只有我一个人入関，应該还是会中獎，而且下場不会那麼好! 换言之……

大王，是椰酥!——

外套可以还我了嗎？

你的犧牲，是值得的啊!!

以後也請你多照顧了!! ……椰酥～

到底機場的 X 光機 (照人的) 效果是怎樣？上回我出境，發現西雅圖機場已經配有人用的 X 光機了，依照指示張開腿舉起手，正照背照，這樣不是很該一目了然了嗎？結果下了機台，安檢人員問我口袋鼓鼓的是什麼東西？我也不記得我口袋有東西，一撈出來，是被我遺忘的小額紙鈔和幾個硬幣——老良威～如果這東西你 X 光機還看不出來，那這種機器到底是有啥作用！？

交棒換手

這兩個月來,我家支出很龐大,(但其實我說我家指的是大王),先是六月份兒子們的生日,然後是七月底即將到來的加州迪士尼之旅,一團總共五個人,費用大王全包了。

而出問題的水籠頭正客房的浴室內——說是客房,其實我和大王已在這麼間睡了一兩年有了,原始正是為了躲避主臥房的浴室漏水——後來雖找水电工堵住了,但还没重新裝上新籠頭。在這种情況下,客房浴室的水籠頭再次被大王的詛咒之手弄得半壞了!我們已經逃無可逃,

客房浴室水龍頭滴水也是自己修好了,發現它原來是非常簡單的事,只是裡面的橡膠O圈年久疲乏而已,換了新O圈就不再滴水了。

這個滴水就沒有造成我像上次水管破掉的崩潰處境,畢竟浴缸可以接漏水,而那些水可以拿來沖馬桶,所以我就沒那麼神經質地靠腰。

我之前的邊條不是有說，因為要整理出修樓梯的工人「可以進屋商討的舒適區域」，所以我們前一陣子又搬回主臥室去睡嗎？

結果大概是太久沒睡主臥房，到了夜間突然覺得聽到好多怪聲音，其中一個是熱水器一直在那裡滴滴滴的聲音。大王覺得那聲音甚怪（因為並沒有人在用水），所以他再次提出「富貴計畫」——他想去關總電源，看看熱水器的聲音是否會停止（註：我們的熱水器是用電力的）。

我一聽不妙，立刻阻止，我說你這樣富貴一觸，我們明天一定會發現家裡又有東西壞了！但你們也知，一個角色個性一旦設定好了，要改變幾乎是違反天意，大王，就是一定要有那富貴神奇的一手不可，他果然去關了又開，怪聲音沒消失，隔天早上發現微波爐壽終正寢。故事總是這樣的！我已經是鐵板神算了。還好現在微波爐不貴。

卻也這樣沒神經地过了大半年！有讀友曾告訴我，「不必当強人」、「不必因為要承擔家裡的問題，把自己搞得压力那麼大」，我有聽進去，所以不再積極自己要練功修到好，隔行如隔山，我很久不再当水電工了。（改經營水利資源——做蓄水利用的工程）

至於廚房的流理台，出問題的是「美式殺人工具」：

← 這水籠頭倒是沒壞！

● 打開開關（电源），手伸進去可是会絞碎的碎食机！
● 它已經好久都沒作用了，因為開關不靈（倒不是碎食器壞掉）。

看我死不再当超人，大王只好自己買了一本 D.I.Y. 的書……

我現在要換零件了，好到少可以去幫我把廚房电源切断吧？

沒問題！！！

这我很樂意跑腿——！

所以我跑去樓下的電源總開關那裡，把兩个標示為廚房的電源都切掉了，但沒想到，大王零件拆到一半，突然碎食器運轉起來!!!

電沒斷啊!!! 妳想電死我嗎!?

怎麼会这樣!! 但，你也試図謀殺过我好几次好不好?! 兒什麼说?!

大王自己下去搌查，果然也搞不清楚為何開關会這樣失準，連章魚保羅都不如！最後只好把全屋總開關関掉！

然而，因為舊的零件尤还没拆掉下屋然又復活，也勾起了大王貪図便利之心，想再把它塞回去了事！

奈何它只要回到牆內，就是不再動！最後还是得拆下來，安份換上新的⋯⋯

我說你呀，為了修这些龙錢買了書零件、工具，真的有比叫水电上來便宜嗎？

这差点电到⋯

誰叫妳堅持要退休⋯

←我現在才知道，台灣叫這玩意「鐵胃」！

所以這次鐵胃確實大王有修好，只不過好景不很長，才沒隔多久，它又被大王的富貴剋壞了。說出來真是沒人敢相信，怎麼會有這麼弱智的人（我不知該再怎麼婉轉形容了），壞的原因是因為一支小湯匙（金屬）掉進去，大王富貴不去撈，竟妄想鐵胃能將它絞碎沖向大海。所以湯匙自然不會被絞碎，鐵胃消化不了就再次升天了。

更不能相信的是，我把那支小湯匙撈出來（繼續放在那個洞有何意義），大王看到湯匙居然很訝異，彷彿看到鬼，一直問我湯匙怎麼還會在那裡？！

我都懶得再說了⋯⋯（讓我去看海吧）

公園內有多條散步路線圖，我們選的是通往水邊的路徑。

大抵上沿途看起來像森林。

準 備

雖然 全家的迪士尼之旅是在月底，但，我們早已開始做各种準備……

我們兩体力這麼差，

小孩到時一定想到處狂里奔跑，我們要体能訓練！

今後每天晚餐後，去公園散步吧！

同意！

雖說，去公園散步聽起來好像很簡單，但，其實美國公園多如牛毛，也有很多公園並非大家想像的老人泡茶、下棋那种地方！而是像森林那樣……

湖

森林.

你不是很喜欢水景？誤我們走下去吧！

這种時侯，人的求生本能会自动運轉起來，我馬上告訴大王，「野外求当求生」…

記不記得我們兩都讀過一本大峽谷的書？

知識 就是力量

書裡有提到，多數死在大峽谷裡的人，都是輕忽了下坡易、上坡難的地形，我們今天還是不要因為下坡易，一下子就走到下面湖邊……

有道理

上來會爬不动！

所以，前2次我們分別試了不同的路径，一條全程約0.7里；另一條約0.5里，兩次都到半途就折回（註：这樣來回加起來是要×2喔），一直到第三次，才終於走到湖边！

終於穿過森林看到湖了！

湖

～軟～

西雅図健身瘦子多，不要拿來相比……

全美最健康的人都住在这裡……

我們真是太逊了，別人还騎腳踏車上下坡呢！

除此之外，我最兴奮的是，我終於能買夏季衣物了！！！──住於美國西南的加州，是个有夏季的地方，而我，已經大約四年没買过夏季的衣服（因為西雅図用不太上）！

湖邊。

這明明白白又是一件擺在衣櫃打開會嚇到自己的勇氣物。
靈魂出竅的時候，我真的會懷疑有什麼人這麼神經病敢「袋」這種東西外出？但是我還是忍不住用了它好幾次，實在真的很方便！當然，也被好多人錯認我是服務人員（我實在不懂自己幹嘛這樣找自己麻煩），有一次還被好心的展覽館員工，邀約一起去他們的員工餐廳吃飯！

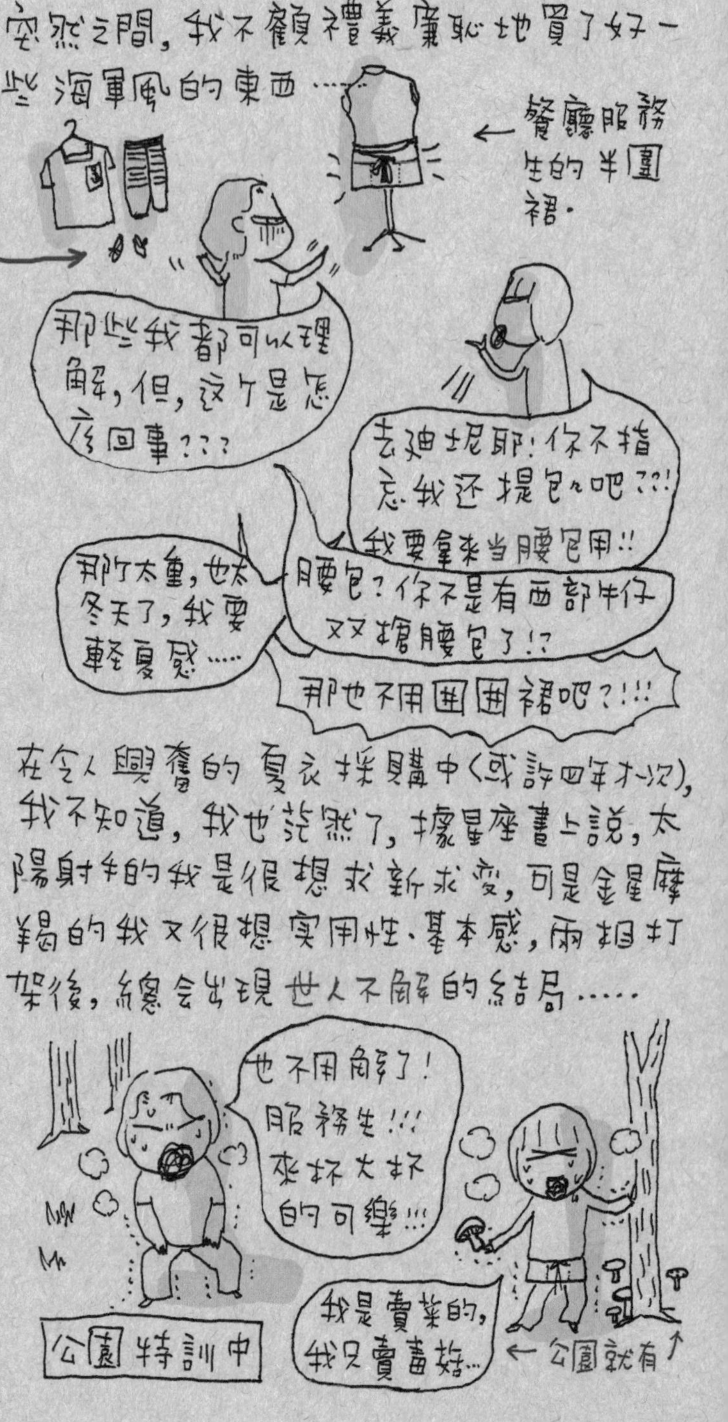

突然之間，我不顧禮義廉恥地買了好一些海軍風的東西⋯⋯

← 餐廳服務生的半圓裙。

那些我都可以理解，但，这个是怎麼回事？？？

去迪�池耶！你不指望我还提包包吧？？！

我要拿來当腰包用！！

腰包？你不是有西部牛仔又搶腰包了！？

那個太重，也太冬天了，我要輕夏感⋯⋯

那也不用圍圍裙吧？！！！

在令人興奮的夏衣採購中（或許四年才一次），我不知道，我也茫然了，據星座書上說，太陽射手的我是很想求新求變，可是金星摩羯的我又很想實用性、基本感，兩相打架後，總會出現世人不解的結局⋯⋯

也不用解了！服務生！！！來杯大杯的可樂！！！

公園特訓中

我是賣菜的，我只賣毒菇⋯

← 公園就有↑

音速小子

很久以前，我買了好幾碼的一塊布，因為太喜欢了，所以拿它做了一件上衣之後，就捨不得再用……

先給成品看一
（成功染色後）

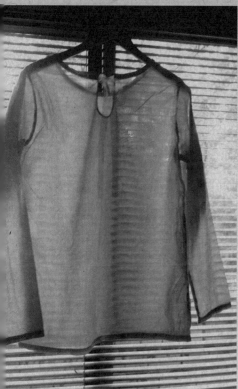

我喜歡的棉質紗布。

但，

布不拿來做東西，和垃圾有何兩樣？……

还是再来做点東西吧…

這塊布原始就是白的，由於我已经拿它做了一件白上衣了，所以這一次 就想做点不一樣的……

來做一件卡其色的上衣!!!

染色!!!

什麼啊？这样叫做不一樣嗎？

夫妻真的是命運共同體。
我們西雅圖今年（2011）夏天來得特別晚，左等右等等到七月四日國慶時，終於有熱一點了，因為好高興夏天來了，當天還在庭院裡烤了肉呢。

之後兩天氣溫只有更高，儼然是（立刻）進入盛夏，偏偏就在這時候，很久沒感冒的我夫妻兩，居然在最熱之時雙雙得到感冒！！！（主要症狀就是咳嗽，倒是沒發燒。）

這幾年我獨家絕門治咳嗽的秘方是圍圍巾，所以怎麼也料想不到，居然在盛夏之時，我圍上了圍巾···（泣）然後先前我不是說，我懷疑自己雙腳進入更年期？每天晚上睡覺睡褲都穿不住，一定要光著兩腿才睡得著？所以這幾天的床上造型非常驚人——脖子圍著圍巾、穿長袖，腰部以下卻是比基尼，天下有比我更錯亂的人嗎？雖然，這造型被大王夜夜恥笑，但是啊，我的咳嗽確實好得比他快！我沒去看醫生沒吃藥，大王去看醫生也拿藥吃了，我的康復進度可是一點都不輸他！敢笑我？口亨！

在大王無責任心的催促下，我急匆匆地去商店買了染料，連說明都來不及讀……

（續）其實我也不想大王跟來，但他最近很喜歡「幫忙」(?)，連我去拍個大頭照也硬要跟去「幫忙」，結果我的臉僵得和鬼一樣！我覺得這樣的夫妻命運共同實在很詭異，但又無力扭轉什麼，畢竟他每次參與之前都說得他好像是個再生人了……

果然，那个「卡其色」完全毁了我的爱布……

那明之是金橘的，不是卡其色……

真的要走到百搭的黑色嗎？我，当然是很不甘心！！突然觉得，如果我能再「淡染上一支交階」，這樣說不定就能調成卡其色了！我有黑色的染料，如果我只要快染，沾一支黑之感，应該会成功！！！————結果，

完全沒有變！！！

我太緊張了，只染了五分鐘，結果一支黑都沒著色上去

浪費一包黑染料！！！

面对金橘感傷了两天後，我想起從前曾買过夾色染料，雖然过期了，但，反正情況还能更糟嗎？布也不會捐坏了，頂多就是被我染破而已……

成功了……！！！

看吧！

我就知道我选的不會有錯！！！

完全不知中間曲折的音速小子.

不过說真的，我快中暑了…

我要感謝我媽，前幾天和她聊過之後，我對瑪優歷年來累積到頂點的不愉快總算是被降下來了。

迪士尼這一趟我真是不快樂到極點，有一天甚至和這一家人分手，一個人去餐廳一邊吃飯一邊痛哭。主要是瑪優每次一和我們出門，她就不知為什麼認定自己可以丟下孩子去計畫她私人的行程。可是如同我也說過，這幾年我們夫妻的假期就是花在看小孩，我也都沒有假期可言，為什麼她就可以有私人行程？更何況公平一點地說，她選擇強生（做人工受孕）、我選擇不強生（不做人工受孕），不是誰選了什麼就該甘心於自己選擇的後果嗎？如果我說小孩不干我的事，儘管是無情了些，也是事實不是嗎？

一些幫忙，一些人情，我都可以接受，但我最不能接受的是她連自己的私人行程都一毛不願自付！（我們夫妻倆在那裡省錢自己動手修這修那，都是要給這家人爽快亂花的嗎？）

大王的迪士尼課

這月底，我們全家三大兩小將一起去加州的迪士尼樂園，也許因為我以前曾去過東京迪士尼，所以我並沒有過度興奮或期待⋯⋯

大王大概覺得我簡直是愈來愈沒情趣了，所以本來去迪士尼是要瞞著孩子們的，直到當天抵達，才給他們直接的驚喜！但，大王苦無人可分享他小書房內的網上迪士尼預熱  **HOT**，終於忍不住提早告訴孩子了——

迪士尼網站

孩子們!!! 看!!! 這就是我們的王國~

有時差問題，還要忍熱「上課」兩小時，大王連椅子都排好了！

照理講，這樣認真教學兩場也就夠了吧：**沒有！** 夜深人靜之時，我發現大王自己一人還不斷在迪士尼網站上探索，最後，還列印了五人份詳細資料和地圖！！！

你是生平第一次去迪士尼？

我也收到一份「教材」。

當然～

所以就在我碎碎念這些給我媽聽的時候，我媽居然說『給她吧！妳不知道帶小孩有多累多煩！如果我當初有錢，花多少給人幫我帶都願意！』——居然有做媽的會這樣說，我當場真是很無言！勉強擠出來的問題是：我們三個（我姊、我、我弟）有那麼糟、那麼難搞喔？

我媽就開始咕咕嗚嗚閃爍其詞，感覺起來並不是條不悔之路。

所以我居然陷入深思，腦中不停想起多少媽媽朋友們驕傲肯定地說，我們這些不生的人怎樣錯過了人生最精采最值得的一段！原來也沒那麼不悔超值（我媽做媽比較資深，我決定以她為準）。

更何況，我敢肯定我姊、我、我弟都已經算是有良心的小孩了，天下有多少父母的孩子更不肖，他們的超值感一定比我媽又更不如。

我個人覺得，大王非常有強烈的失落感，他內心八成覺得我們是一群被寵壞了的人，竟然無法和他一起燃燒發狂，竟然每晚还能那麼平靜入眠（怎麼可以睡得著!? 老該要醒著討論遠足要不要帶傘之類的吧!!!）

所以，我預計星期五「大王的書房」又要開迪士尼課程了，雖說我們星期六就会抵達……（不過，星期五不就該是大家都兴奮到睡不覺的一晚嗎!?!!!）

話說回來，為人父母的意義是什麼呢？我一直覺得當父母的意義是要體會自己的父母有多辛勞！是要化解以前對父母錯誤的評價和判斷——一個人只有自己也走過那條路，才知道自己的父母當初已經做得不錯了，換成自己當了父母，事實上不見得做得更棒更好。這，難道不是為人父母的朋友們一直想和我們強調的事：當媽媽（爸爸）是很偉大的，其辛勞超乎想像。所以我們讓他們一些都是應該的。

我要說的是，我感謝我媽的誠實，她開啓我對父母的辛勞之無法想像的邊際，讓我覺得如果能躲開這種巨大的辛苦，錢實在不算什麼，根本就沒什麼好計較的！我這樣是最幸運幸福快樂無憂的，那也是有錢都買不到的。我想我是，所以何必計較！謝謝我媽這麼另類的開示！我想當媽的實在是不簡單！

（果我居然覺得園區內的遊行歌舞
及晚上的煙火最超值！
大概是因為最有誇張夢幻的氣氛）

迪士尼 不 樂園

世界上有一种人是出門不喜欢帶太多東西，我基本上就是這款，不过，有人不是：

把筆电帶著吧？

应該用得上！

非得帶不可嗎？

很重耶

我来扛啊，妳不必擔心！

常々，这位仁兄話説得很好聽，不过如果是家族一起旅行的話，他当然是顧得了兒子就顧不了我了！所以真是莫怪我經常有以上臭臉　（上圖所示）

但，这回來到迪士尼，大王还是大大地讚美了「我們有帶筆电」這个行為！據信，这是僅次於愛因斯坦的聰明排行，我真是但願事实是如此，不过，我的心不容許我説謊……

這是入場處一進門的地方。

你今天有的建議要去搭Big Thunder Ranch，沒妳想像中的恐怖，還非常好玩！

你少騙了!! 我看過You tube 的影片了! 你以為你騙得了我嗎?

什麼!? You Tube 有影片? 現在的人可真閒，什麼都Po上網!!!

那有什麼不好? 我感謝他們!!

然後，打從大王知道You Tube可以找得到影片之後，每天晚上我們回到飯店，就是先在網路上看「哪些東西太可怕，不適合小朋友玩」⋯⋯

各位，這也實在太荒謬了，我們人就在迪士尼、晚上就住在迪士尼對面的飯店，

居然每晚都在網路上看迪士尼的各項遊樂設施影片!!!

原來xxx是這樣的!⋯⋯

事先都知道了，還有什麼樂趣啊?⋯⋯

如果以上那樣算糟，其實一點也不糟，更糟的恐怕是「愈玩大家感情愈不好」這回事！

行前大家說好了，大人們（大王和瑪憂）一人有一天可以自由活動。所以有一天早上我和大王起床稍晚，又因為我腳走得破皮，臨時得趕快去馬上買雙脫鞋，事後想到迪士尼會合時，又因瑪憂帶孩子們正在玩，沒聽到電話聲，等到大家終於聯絡上、見了面，已經快下午1點了，而瑪憂立刻不爽地說——

你們一天的自由時間已經用掉了。

什麼！！

是妳自己不接電話！！！

兩个女人立刻又槓上

我已經不想再說誰對誰錯了，自此，我和大王每早拼命早起——

快！

咖啡

对！太晚了瑪憂又會說我們又請假一天！！！

最後，只希望，至少小孩是快樂的⋯

覺得夢遊仙境之「花燈」做得還真是夢幻可愛。這些草也是假的，高度比人高。

←在來迪士尼之前，瑪憂和大王因為怕人多孩子走失，所以給兩個孩子都辦了預付卡的手機，兩個孩子身上各有一支手機。至於瑪憂本人的東西當然永遠在國外都不能用（包括她的信用卡也只認荷蘭國），自然手機也是，所以也幫她同樣辦了預付卡的手機。這樣，當天早上我們狂CALL他們三人，沒有一個接電話，等到終於聯絡上也會合了，兩個孩子一個手機弄丟，一個放在飯店沒帶出門，瑪憂的則是沒聽到鈴聲也沒感覺到震動。有時我氣的是這種浪費！給他們東西毫不珍惜，對我來說真是光看到就起火。花這種錢的意義和功能究竟何在？
（想想我媽的話，再次冷靜下來，歐！我真的很幸福——沒有這些麻煩——只是錢而已嘛，沒啥好計較。）

老花眼

這一年多以來，我和大王最常做的居家活動就是 —— 幫對方找眼鏡！

打從大約兩年前，我就發現自己寫東西、閱讀，如果不戴近視眼鏡會看得更清楚，於是明白了，老花眼不再是老人的專利！

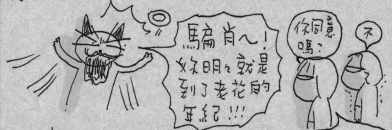

根據老人公會（沒有這種公會），老花眼的第一步是：會懷疑書報看不清是因為**燈光不足**，所以會有一陣子家裡電費大漲，燈火通明。

接著，很快認定自己是**回春了**，也不知是吃了哪個購物台的仙丹，現在耳聰目明（星閃特效一下），連眼鏡都不需要了！

更不必花大錢、冒風險，做什麼雷射近視手術！

Update.
現在已經進展到，因為兩人之一找不到眼鏡，所以一時會借用對方的眼鏡來看。

前幾天在窗戶旁看到屋外有一隻動物，在草叢中動來動去。由於最近鄰居的貓常來，所以我一開始以為是貓，可是看到能見的毛色，又覺得是賴控。大王剛好沒戴眼鏡地走過來，我問他那動物是貓還是什麼？他就向我借臉上的眼鏡看，然後也不敢肯定，兩個人就在那裡輪流搶我的眼鏡戴來戴去，直到賴控露出他的臉，我們才確定是賴控。這就是我們夫妻現在的視力生活型態。

在這个階段，人会突然覺得隱形眼鏡沒有鏡框眼鏡實用，因為，你已經**好到**不必經常需要眼鏡了，鏡框眼鏡方便拿下戴上，因應愈來愈少的需求…

這，其實是惡化吧！神啊！…我到底該不該和病人明說…

走到再下一步，那真是天人合一的神妙境界，你突然間發現，有沒有戴眼鏡，你已不太有感覺！！！

奇怪—

今天怎会会起霧啊？…

等々，你的眼鏡呢！？

不会这樣就想開車吧！？

可憐啊！！！

已經到了遠也看不清，近也看不明的隨緣境界了……

甚至漸々習慣成常態！！！……成自然！！…

上去從西雅圖去歐洲的飛機上，剛好看到機上購物雜誌有一副老花眼鏡還不錯，我決定買了，因為越來越覺得是有此需要了。結果沒想到被告知，那是飛日本航線才有賣的商品。真是沒想到我的第一次嘗試就這麼不成功。

怎麼可以當———歐美人士就不需要老花眼鏡嗎？！……

好幾次，我自己就經常把眼鏡遺忘，靠著動物的本能聞聲辨位，這樣也能過了大半天才突然發現，眼鏡不知去到哪裡去了？

見證人：我就是吃仙桃過海丸，現在都不用戴眼鏡了！

10秒內打進來定購，買一瓶再送三瓶！！！
再加贈仙桃一打，內附桃太郎！！！

就是這樣，人生好神奇又好輕鬆，有一天我还發現，愈來愈不需要辛勞⋯⋯

那位太太好等著！！

幹麻？

你雖然有戴眼鏡，但妳看得到嗎？

你知不知道你鏡片很骨葬！？又是指紋又是灰塵！！！

对！就況好到眼鏡不清潔，也感覺不出太大差異呢！哈哈哈⋯（♡）

後來我有在 Amazon 找到同一副眼鏡，那其實我一直蠻有習慣要去讀讀消費者留下的評價，其中有一個人就說，她買的是紅色鏡框，因為是紅色的，所以要找眼鏡很不費力，可以很快就看到了！她給四點五顆星。

本來我根本就不喜歡紅色的，尤其是眼鏡耶！開什麼玩笑。可是她這則評價有默默打中我的嚴謹人格：找眼鏡要很好找，這是非常實用的思維！

但是因為我一直還在和紅色過不去，內心又覺得好找真的很重要！這款眼鏡的其他顏色都是不好找色系，所以我就被卡住了，默默放到 wish list 去暫時逃避，而沒立刻下單。

這當然是反話。

結果瑪莉是所有在迪士尼買的東西中，最物超所值的。MANY至今愛不釋手，不像多數人身旁如今再也看不到當初在迪士尼買的戰利品。

愛麗絲 ㊀ 吃 蛋糕

從迪士尼回來後（奇怪！這不該是屬於「前世記憶」範圍了吧？怎麼還在談這古老的傳說?），家裡每个人都還在回味——每天都穿著迪士尼買來的T恤、玩迪士尼買來的玩意兒，連MANY也⋯⋯

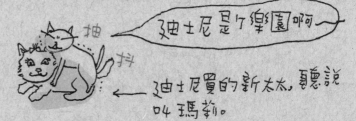

迪士尼是个樂園啊

抽

抖

← 迪士尼買的新太太，聽說叫瑪莉。

惟獨我，好像沒去过迪士尼似的，身上連一絲迪士尼都找不到！但，並不是我沒買迪士尼任何東西（又不是出家了說），而是，唯一有喜欢的T恤並沒能擠下⋯⋯

Drink ME

好了啊！分身縮小水來喝喝啊！

《怨》

（Alice in Wonderland 的主題）

因為它是做給發育中的少女穿的，所以即使是L号，我也擠不進去！

其實大王在迪士尼什麼也沒打算買給自己，所以我動了惻隱之心自願送他一件，請他自己挑花色，他最喜歡唐老鴨，所以就買了唐老鴨。(沒頭是因為穿的人自己的頭就是鴨頭。)

←塘老鴨

哼！

囫圇

你們不必給我舉張，我會用我自己的方式抵達極樂世界!!

所以，我先是在網路上下單買了一件愛麗絲T恤，花樣和先前那傻兔子不太一樣，這次主角是愛麗絲本人，而且它也沒說是「少女尺寸」！

但是

它會寄到何時啊？太慢了!!!

馬的～

愛麗絲是吧？老娘自己來做週邊商品!!

別以為我沒知識!!!

(沒知知識有啥關係?)

就醬，我連夜縫出了一个兔子小包包……

就是這一個‧‧‧

那是馬

是駱駝

是貓

是兔子!!!

日月明就是兔子!!!

(若要看圖，請至：www.plurk.com/p/6xtsfw)

所以我自己山寨的愛麗絲週邊商品，讓人
心碎地不太成功……不過好家在，這時網
路上買的T恤竟然抵達了!!!

你這是……
愛莉絲
吃蛋糕
所以變
大了……?

你吃很多
蛋糕吧?……

偶明明是買L号，
為什麼是這結局……

我不但買了L号，而且我还細心確定了它是
被歸類在 WOMEN's 類別，而不是 Juniors'
底下，当然，連 size chart 也都対過了，居
然它來時，其實是 Juniors'（青少年）尺寸!!!
不用說，当然是寄回去退換了!——居然
是要穿到XL，也讓我的心再受重擊，我，
為什麼變得沒麼肥? 想当初（這算起來，
搞不好是前兩世的記憶了），我剛來美國
時，連童裝大号的也能穿啊，不是這樣嗎?
击凳!!!……
結果等我的特大号T恤來時，不但迪坦熱
潮已退，連小孩子都回到荷蘭了……

好孤單啊啊

喝点水看会
不会縮小一号吧……

這件是換過的ＸＬ的，結果也只
是剛剛好的合身（恐怖的剛剛好
而已，人一放空肚子就凸得顯而
易見。）

說到吃，
這幾天看到這個心都會揪一下—

本來七月四日烤肉烤完想試一試這種糖的（當然是指有烤過的），電影上常常看到，可是我和大王都吃沒過。結果烤完肉以後當然是很飽，立刻就把它完全忘記了，直到隔天又看到它才想起，忘了烤啊！

張氏 勝出

上星期的某一晚，毫無緣故的，我的肚子突然絞痛起來……

是我煮的東西有問題嗎？怎麼肚子痛得快斷了……

可是，我也吃了你煮的東西咪，我就沒事……

說到肚子痛，我的經驗可多了，從姨媽來發的紅包（經痛帶來的腹瀉）；到有時飲食不正常的便秘所帶來的山洪爆發；到真的吃了不潔的東西所引起的排斥，沒有一个痛得像這款腸子寸寸斷的感覺。而且病從口啊，我這一陣子在減肥，吃的東西少到可以算得出來，並且天天順得很，並無便秘……

那你今天到底吃了什麼？

除了你也有吃的晚餐之外，早午餐我各吃了一个蛋……

減肥還吃這麼多蛋!! 你晚餐也又吃了一个!

總之，隔天早上我才從噗浪上看到，原來美國發生了沙門氏菌污染雞蛋的事件，我買的品牌和號碼，正巧是在污染名單中，但可能因為我都有煮過（只是回想起來，午餐那一顆沒有煎到全熟），我還不算狀況很嚴重的，畢竟沙門氏菌可是有可能致死的！我還算幸運，而且──

我減肥有成一

瘦了一公斤耶……

但，那也是我這个事件中，最幸運的一面了……

嗯

沙門氏菌會傳染嗎？妳要不要自我隔離一下？

不要傳給我，我可是要上班的……

多…多麼 **無情** 啊你！！！！！

末筆：
電視不要看太多

難怪高科技的外星人最終都要進展到無性生殖！！！根本就是「靠自己最好」的終極体現！………

前幾頁的邊條不是有說，我和大王現在都感冒了嗎？Well,我此刻真的很贊成誰生病誰就去自我隔離一下，因為我覺得實在是太傻了啊！正夏，一個全家感冒的傻瓜家庭！（我到現在也還圍著圍巾！）

大王被我罵得勇敢了起來，決定我們畢竟是地球人，要共患難……

其實是引張氏比沙門氏恐怖……

意圖传染(?)

〈对不起，我們真的没知識，根本不知道沙門氏菌会不会人传人，就吵得涵蓋外星領域了……〉

而且，幾百年難得的，早上他还泡嘎逼給我喝〈向來只有我幫他，还要順便叫他起床〉。

她真的是病了吧？连大王都起不來……
一向都不会这樣的……
还是趕快把她治好，才有人服伺我啊！…

当然，寫稿的此刻我已痊癒了，也如大王所願的，再度回到下人的崗位了。

就讓我直接點破它吧！我覺得這一本妙記真是不太好看，不是在生氣，就是在生病。說真的，在開始著手整理書稿之前，這些回憶我都幾乎遺忘了，可是從動手整理稿子至今，回看起來才驚覺2009-2010我的生活可真糟糕！糟糕到瞞都瞞不住（一般在寫作時，我是很有自覺盡量挑快樂的事來寫，如果這些稿子現在回看起來居然如此不堪，表示我真的是沒辦法了）。

今年(2011)西雅圖妙聞的網路專欄停刊了，我突然覺得這樣也好，儘管我今年心情上好很多，可是靠著每週批漏自己的生活寫文章，還寫了那麼多年，我真心覺得是該休息了！

所以說，一切謎題都解開了！
（名偵探口吻）

我之所以疏遠社交網站，就是因為不想施放過多負面的東西！但我這樣說並不是代表我心情一直不好，如同我說的，在我著手整理書稿之前，是沒意識到、也不記得這麼多過去的拍咪呀（可見我今年比較好，要不就是我並沒一直放在心上）。只是社交網站和我的每週專欄都有共通點，它們都會分享到一個人的生活或即時點滴，所以很難真正逃離肆放出一時的負面氣息，尤其當那個人正在衰洨時。又尤其對像我這種覺得「不說真心話不如不要說話」的人。

但，去年底我接了博客來ＯＫＡＰＩ的專欄〔英文妙筆記〕，談的是英文小說和簡單的日常口語英文，我覺得它就很適合我現階段的狀態，也希望還不知道的人記得抽空去看一看喔。

網址：okapi.books.com.tw/index.php/welcome/search/labela/英文妙筆記

實話說，我真是不想寫這一週的補教人生妙記，因為，連我自己都最厭惡多戲拖棚，但偏偏，一週七天，我強烈地懷疑我這週被外星人綁架了，因為我清醒的記憶彷彿只有三天！而這有記憶的三天，我只能勉強記得馬桶和枕頭……

喂，妳要不要去看医生啊？

← 拉得太累，沾枕即睡。

是的，我也趕流行地開啟了「沙門氏」續集系列，上週的妙記我以為張氏大勝，但沒想到續集原來緊追在後等著我上演，而且還逼得我不得不寫出來，因為，如果不寫它，我真的不記得這一週我有活過！

一般而言，生病真的是會消磨人的心志，會感到特別脆弱和自憐。

可是這幾年我在國外有點改變，原因是我發現太多太多次，大王生病都自己偷偷去看醫生，連藥都自己偷偷在他的書房吃，完全沒有告訴我。

在美國我們沒有家人啊！有的只是彼此！你怎可以不讓我知道你的病史!?

是有那麼嚴重嗎？

好啦好啦我以後會說啦……

就是因為大王這樣的態度，我居然有時也偷偷欽佩他！（不過他都有去看醫生就是，不會自己在那裡拖磨病情，這是好習慣。）

反觀──

我太娘了!!!老是一生病就自憐!!!

治好就好了嘛！有什麼可憐的!?

我這一週完全沒有廁所以外的回憶，連大王偷偷打了我，我也不知道，←【假設】，而說不定他還偷偷吵贏我五次，我也沒記憶，←【大膽假設】。因此不寫它，我還能寫什麼？

續集是怎麼開始的呢？有一天早上（我連星期幾都忘記了），我又腹瀉了，並且伴隨著熟悉的嘔吐，平常，甚至上一集時，我都不曾拉完吐完且子還繼續絞痛，但這一次在廁所狂拉狂吐了兩小時（這也真是體力無窮），虛脫地逃出來之後，我只能在床上昏睡過去，中途又多次被絞痛痛醒，再去拉，再回床上昏睡，整個故事之異常無聊，連我家兩隻貓都嚇壞了，沒人敢喵一聲。（又說不定早已互頹得皮毛都禿了，我也不知道。）

直到大王下班回來……

不會是沙門氏菌又回來了吧？

有這种可能嗎？

劇情無聊到說完繼續睡。

每次我醒來，大王總会問我要不要去看医生？之所以我一直拖著沒去看医生，是因為我好累喔，我只想睡覺或上廁所，我沒安全感，哪裡也不想去（沒有包大人），另一方面，我雖然被沙門氏猛攻，卻一點都沒發燒，偶爾醒來还非常有食慾，充份地展現了求生意志——

妳不会是裝病故意要我伺候你吧？

什麼吵醒你5次？你在說嗒???

喔拜託～你都吵醒我五次了，服務一下会死喔？

我撲浪上有一対撲友姊妹花，姊々前一陣子也因為沙門氏菌而住院，所以有一天我打起精神在撲浪上和撲問她，因為我想知道沙門氏菌是否還会「再來一次」這樣地回饋？果不出所料，沙門氏菌是陰險小人，仍会躲在暗处祈求著了戲地相見……

好吧

妳真的該去看医生了

也好，再不去我下一週恐怕要寫第3集了……

所以大家趕快祝→我早日康復吧，不然……

雖然有時候我會覺得大王也真是太・・・怎麼說？不盡人情？自給自足？但總之一句話，人不要老是自我陷入悲傷的情境，事實就是不可憐，只要你趕快去看醫生治好那個折磨。

就算懶得去看醫生，也不是可憐，是可惡！

是活該去死...

沈思...

生病的人很容易往負面思考，所以我有時候很覺得大王的存在是為了要提醒我，痛苦是自己想像製造出來的！

你好微妙喔！既是我的太歲，又是我的光明燈！

??? ?

秘 密

好幾年前，朋友就曾向我推薦过「秘密」一書，
多年來，因為身边一直沒缺过讀物，所以我
也沒有去找來看。但，從網路上的簡介，
也大致了解這本書主要是在說「什麼樣
的念，成就什麼樣的果」，人要改變自己
的命運，就得改變自己的想法，假設自
己是磁石，你要吸些什麼樣的東西來到自
己身边？

我还是尚未讀过這本書，但，就像別人因秘
密而中樂透一樣，我也親身驗證了心想
事成的故事！

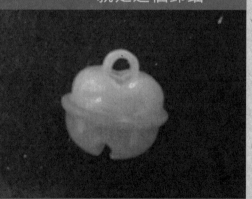

就是這個鈴鐺 →

至於那個魚玩具呢，已經被分屍了。

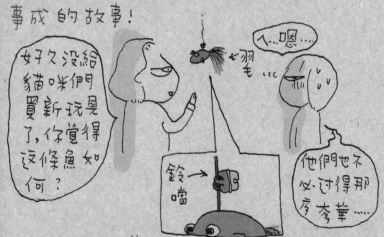

好久沒給貓咪們買新玩具了，你覺得這條魚如何？

へ...嗯...

他們也不必过得那麼奢華.....

鈴鐺 →

不知為什麼，我看到那ㄍ鈴鐺之刻，
查覺，会出事!!! 所以我猶豫了。

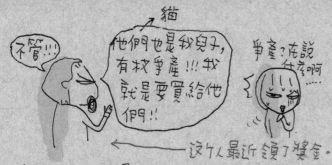

不管!!!

他們也是我兒子，有权爭產!!!我就是要買給他們!!

貓

爭產?在說什麼啊......

←───────── 这个人最近領了獎金。

當然回到家，「兩个兒子」玩得不亦樂乎，連胖子YOYO都再次證实他是个靈活的胖子， 後空翻像張克帆那樣的人也做得到! 只要有心。(和魚)。

兩小時後，魚身和魚尾已經分屍，兩天後，YOYO給自己掛上鈴噹，不过，並不是在脖子上......

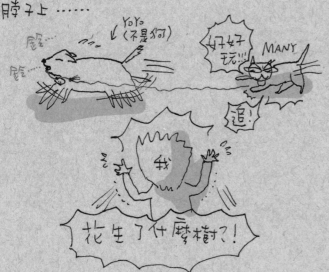

YOYO (不是狗)

隆隆

好好玩!!!

MANY

追!

我

花生了什麼樹了!

準碓得如我的幻想，鈴噹它卡在YOYO的牙齒上!!!

这个洞，我当初利用「秘密」的直觉，就是設定它会卡在貓的牙上，一点不假!

天造地設的一對。

不是我在說，胖歸胖，ＹＯＹＯ還真的是個靈活的胖子，他跳起來足足可達四呎高，只是落地的聲音很驚人就是了。

可是ＹＯＹＯ是個膽小鬼（外強中乾），家裡屋外只要有奇怪的聲響，他總是第一個跑去躲起來，而且不誇張，他下樓的聲音和震撼度簡直就像是一個壯漢在走樓梯。我於是有時半夜會被他走路的聲音驚醒，以為家裡被外人入侵了！

而且YOYO因為想把鈴噹咬碎，所以在多次嚐試下，只把鈴噹卡得更緊，而他的嘴也因此閤不攏……

就在慈母＃第一次試圖拔老牙失敗後，YOYO立刻逃跑，躲入沈默的艦艇了……

←如此这般.

不痛嘎，一下子就好了

怎麼說呢？我的第一个夢不到三天就成真了！(而我連秘密都还沒讀过呢!)馬上，我第二个夢就是「一定要送去医生那裡全身麻醉了」！不然怎麼取得下來呢？

不行!!!不要再想秘密了!!!
我不要夢想成真啊

我心中的另一个秘密就是，餵養多年的屋外，森林裡的小动物們，有一天会來報恩。果然，就在我絕望之時，松鼠在外面打群架，終於把YOYO引出來了，我立刻逮住机会捉住YOYO，抱著刮下他牙結石也再所不惜的決心，終於把鈴噹找出來了！

啊啊
我这次又省了多少錢了？

其实妳最大的秘密是省錢吧?

剛下班

但若說到隱身術，ＹＯＹＯ固然是具有突然把自己變成瑜珈大師那般的摺疊度，可是ＭＡＮＹ可就真的能做到完全消失於地表！

ＭＡＮＹ有心躲起來時，真是要找都找不到！我好幾次要找ＭＡＮＹ時，明明全屋都地毯式搜過了，就是找不到他的身影，他已經強到我以爲他跑到屋外去了，不然，能有什麼解釋呢？

不過好在ＭＡＮＹ個性比較像狗，他總是會在我的呼喚下自己跑出來，問題就是，我至今依然不知道他怎麼藏他自己的，又藏在何處？

網外互打

這幾天我看到一個並不是很起眼的新聞（因為它是國際新聞，而且事關美國的網路政策，我想台灣民眾不會太關心），它說，美國為有效打擊非法下載，如音樂、影片等等那些東西，多家業者都會聯合執行一個政策：一旦偵查到用戶非法下載，或前往非法運用著作權網站，前幾次會發函警告，如未改善，他們會讓你的網路龜速起來。

這麼說來的話，我其實懷疑美國更早以前就有這個偵測技術，且實際上提早運作了（龜速你的網路）！怎麼說呢？實不相瞞，寫這一篇之前，我其實是在網路上看宮心計、美人心計這些片子的，而這種片想也知，大都是中國的網站提供的。我認為美國當然不會去偵測你看的片是什麼片，而是你只要踏入這些著作權信譽不佳的網站，它就啓動機制了。

這一兩個月，我非常有意地注意到，我家的Cable電視兼網路調漲了，只因為它調幅也不算高，我也就抱著養生之心涮涮去。然而，調漲之後連線變得很有問題，我馬上新愁舊恨全加在一起，还乘10倍那樣地不爽！！！

跟老梁玩是吧？……呵……呵……呵……

自我感覺

对！我心地善良吵不过你們，我註定是社会低層的弱者！……

但，我家可是有恐怖大王！！！（從天而降）我倒要看你們还敢不敢欺負我！！！

事情一向是一体兩面或多面的，曾经是我的痛苦的歡王，也可以是別人的！物盡其用、人盡其才，我馬上趁大王自己發現網路有問題時，加把油上去，告訴他，我們的Cable公司多邪惡又貪財！

我會這樣猜測當然是因為：我們的網路用 **Cable Box** 事實上沒壞（如今用的也還是這個，當初沒換成，後來又回速了，至今也仍運作良好），而且這之後我很久不敢去X豆網那些地方，所以就都沒事，後來有一次為了查資料又回去X豆網看一段影片，馬上那之後 **Cable Box** 又出問題！天下有如此巧合嗎？雖然我很想請我的網路服務公司查清楚，我看的不是洋片，而華人多數電視製作公司是自己也願意把這些連續劇上傳的（雖然我沒查證宮心計、美人心計是否也是這樣），不過在我內心深處，我確實覺得免費得這些好處是罪惡的，而且最後損失的還是我們自己的經濟運作體系，虧到的會是自己的社會。

（那種壞習慣要經過多少代才能矯正回來？）

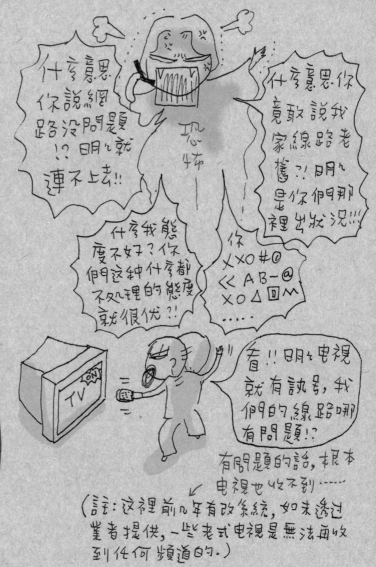

果然，恐怖大王就打電話去罵人了。

什麼意思你說網路沒問題!? 明ㄅ就連不上去!!

什麼意思,你竟敢說我家線路老舊?!明ㄅ是你們那裡出狀況!!!

恐怖

什麼我態度不好?你們這种什麼都不处理的態度就很优?!

你 ㄨㄨㄛ #@ << AB-@ ㄨㄛ△回M……

看!!明ㄅ電視就有訊号,我們的線路哪有問題!?

TV ON

有問題的話,根本電視也收不到……

（註:这裡前ㄇ年有改系統,如未透过業者提供,一些老式电視是無法再收到任何頻道的。）

恐怖大王以一敵三,被掛了ㄇ次電話,但仍再打回去罵人,足足糾纏了对方一個多小時。

這段期間,我心滿意足(畢竟報復了一口惡氣)之餘,也開始想对方說的話的可能性…

線路老舊？我家天線孔又不只一個，我馬上找下網路的机器（其實这也不容易，因為当初我把所有电線、連接線都藏到牆壁裡了），到家裡另一ヶ天線孔去插，神奇地，它好了，我們又連上網路了！！！

河以了，可以了，不要再罵了！……

蛤？？？
好了！！……

算了，算你好運！我們自己修好了！

什麼好運？倒霉死了吧？

怎麼說呢？原本我們是該為無緣無故打电話去罵人懺悔的，可是，这ヶ故事的後續並不是恐怖大王知心機女從此过著幸福快樂的日子——三小時之後，新的天線孔又出問題了，我們又跌出了網外！經过研究，我們終於發現，其實出問題的是網路那ヶ机器，不知怎麼地，当它開始过熱時，我們的網路就很慢，到最後完全無法上，但机器本身谷仍顯示訊号運作正常……

經过这樣乱罵人，我不好意思去摸机器了

什麼不好意思？你是恐怖大王耶

從天而降也是应該的，Go! Go!

所以我現在都不再使用那些網站了（其實我以前也幾乎沒去，只有那陣子在追那兩部戲），不管它是不是如我猜測那樣，是造成我的網路龜速的主因，不重要。重要的是我承認重視著作權之必要，就算它得靠他國外力來多事矯正，這也是好的。

這就是 夫妻

上個星期說到我家網路連線的那台机器出了問題，想当然爾，我就想趕快去換一台新机 ASAP（愈快愈好），週末，趁著大王也有空，拉著他一起去（畢竟帳戶人是他），結果一到達該公司──

排隊的人排成那樣 ⌇，仿佛是迴迴旋旋的腸子还塞滿了 ＊ 那樣地大便秘……，大王当然立刻說出符合他角色的台詞：

原來，我被妳拖累，

還給妳獎金啊……

然後妳還一天到晚在書上說我壞話！

以前我一直認為自己是世界上最沒耐心、最不耐煩的人，經過這幾年的異國經驗，我才發現我多麼錯怪、苛責自己!!! 我願意等啊呵! 我願意排隊啊! 我在內心那樣吶喊著，可是我深知，当大王這樣說的時候，其實等於「走吧」(「吧」还是語助詞，可以精簡到「走」，这样正確)，我当下也不必多想了，但我知道，我內心放棄的是大王，而不是那一條隊伍!……

這就是 夫妻啊...
看一下標題好不好.....

妳自己說，那种隊伍不誇張嗎?!……

叭啦叭啦

那么

你給我閉嘴!!!

老梁都稱了你的意了，完全不想再聽到一个如意的人的嘮叨!!!

該呵的人是我!!! 既然感恩!!!

我沒啥你，你就該黑然

因為這件事，我本來決定一個星期都不和大王說話的! 他老兄永遠忘記，我也有工作的! 我的工作需要靠網路來傳送回台灣! 並不是只有一天到晚網路購物那樣!!!

得了吧
(亡魂)

問我最清楚，妳一週七天也工作一天，六天都在物色下一个購物……

誰叫我有一个老這麼氣人!!

不購物能消火嗎??

這真是一段感人的內心戲

好吧!我的網路也不是說完全不能用了,就只是「不知道它何時要罷工」這樣的不安全感而已,事實上,並該更緊張的人是大王才對,畢竟他若回到家工作,無法連線到公司的話,該更煩惱的絕對是他。所以這之後,我趕快上網買了幾本書(電子書)以備不時之需,這樣就算失去了網路我也还有書讀,然後我就決定不管了,大家來放爛吧……

最近我感覺到很对不起妳……

其實妳是个好太太,都不太会把怨我的不是……

所以我想發一筆獎金給妳亂買……

呵呵……

這真是……怎麼說呢……夫妻間本來就要互相嘛……

就這樣,本人完全被收買了,我怎麼可以放棄大王呢?!我收回我不實的指扌空!!他老兄從來没有忘記我也是需要網路買購物的!……

最後了,回頭看我工作的地方,亂雖亂(憑良心講比以前好不知幾百倍),桌上顏色倒是很活潑!
謝謝大家再次的支持,九月份就要交換日記了,但這段空檔我也不會閒著,還有別的工作要追進度,然後說不定還得再去一趟歐洲。
我祝福大家身體健康精神快樂!希望你們都過得很好,好命!幸福!如果沒有,記得轉念,因為你的常態思緒有可能騙你,你其實是很幸福的,只是被鬼遮眼看不見,像我這樣。
Miao, July, 2011. Seattle.

國家圖書館出版品預行編目資料

西雅圖妙記 / 張妙如作. –初版. –臺北市：
　大塊文化, 2008.07-
　　冊 ; 公分. –(catch ; 145-)
ISBN 978-986-213-072-8(第4冊 ;平裝), --
ISBN 978-986-213-146-6(第5冊 ;平裝), --
ISBN 978-986-213-270-8(第6冊 ;平裝)

　　　　855　　　　　97012130